我们可以晚点再谈喜欢和爱

犀牛故事——编

浙江人民出版社

目录 ——— *CONTENTS*

第一章

初恋是橘子味儿的

〔我会永远记得你，谢谢你曾出现。〕

第二章

三千度的火焰

〔只有相爱，才能感觉到存在。〕

第三章

原来你也在这里

〔蓦然回首，原来你也在这里。〕

第四章

时间酿造

〔时间酿成的酒，爱过的人一饮而尽。〕

初恋
是橘子味儿
的

我会永远记得你，谢谢你曾出现。

文——张春

千万别跟
小男孩
谈恋爱

　　"1、2、3、4、5……好了，我给你留8根，我还剩4根。"小树把一堆中南海1.0的烟卷摆在潘曦的桌子上，补上一句例行的废话，"你少抽一点烟嘛！"

　　"那你还天天给我留烟！"潘曦头也没抬，继续对着手上的资料记笔记。

　　"少抽一点！先走啦，拜拜！"

　　"拜拜，拜拜！"潘曦随便挥了一下手。

　　潘曦是公司企划部的文案总监，小树是小设计师，两个人不在一个项目组，却结下了梁子。具体说起来，潘曦觉得是那一次在公司防火通道里抽烟的事情。在防火通道里抽烟的只有潘曦一个女孩子。有个不太熟的老实同事，不长眼地问："潘曦，你会不会也很爱去酒吧？"

潘曦一时间缓不过劲，没反应出这句话什么意思。小树却开口抢白了："你的意思是潘曦不是好女孩啰！"

真不知道是该感激他，还是好好捶他一顿，潘曦分辨了很久。小树到底是在诚心要让她不痛快，还是真心要维护她？无论如何，他这么一说，把别人战战兢兢的试探坐实，成了莫名其妙又明明白白的恶意之词，关键是，潘曦感到尴尬，却已经没有余地发言了。先不论去酒吧坏不坏，去不去、去多少，潘曦都成了坏女孩！还想不出怎么反驳！真是太堵心啦！

小男孩就是这样——潘曦下了个结论：可千万别跟小男孩谈恋爱，气死了都不知道是怎么死的。

虽然潘曦有了结论，但是小树完全心无芥蒂。下班时小树如果比潘曦走得早，总会绕过来问潘曦还有没有烟，然后把自己的分出一些放在潘曦桌子上。潘曦总是走得很晚，企划部的文案长期缺人，两年来，潘曦的空闲一直不多。她其实经常是个光杆司令，一个人负责七个项目的文案工作。设计部的活开始在文案之后，潘曦都是很负责地尽量早一些交稿，好给设计部多留点时间。也因为这样，潘曦和小树加班的时间不太同步。往往潘曦加得死去活来时，小树正闲着等稿子。

这时正是春天，小树说："外面天气很好，你要不要出去吃完饭再回来加班啊？"

"不去！你快走吧！"潘曦说。

她是个急性子，手上有事就必须一口气办完。楼下的兰州拉面只要听潘曦说一个"喂"，就可以挂电话，过一会儿就把潘曦要的小份牛肉刀削面加辣送上来了。潘曦的生活很单调，不是在公司对着电脑，就是在家对着电脑。反正回家一个样，她也成了总是加班最晚的人。其实也不都是在加班，她只是懒得走。

夏天，公司要重新装修，把所有员工都派出去搞户外拓展训练。

潘曦认为，拓展训练就是一场大型的羞耻play。平日里不太熟的同事，被培训师有意无意地按适龄分组到一起。在整个拓展训练里各种拉手、闭眼，探索根本就没有任何危险的场地，心照不宣地探手到彼此不该接触的地方。年纪大、脸皮厚的，也趁机说点不该说的，做点不该做的，太羞耻。潘曦年纪不上不下，既不想做一个随便跟男人开下流玩笑的妇女，也不想做声娇体柔的青葱少女，但这种类型在羞耻play里该怎么表现，潘曦也有点吃不准。大概在同事的心目中，潘曦的定位也是这么模糊。不知道这是不是她27岁正当时，却没有男朋友的原因。

羞耻play进行到第七天的时候，一个调皮同事在池塘边，用手拢成话筒对着远方喊："老板！不能再装修了！再过一个星期这边孩子就要生出来啦！"

不是没有依据。各个小帮派已然形成，各部门往来不多的同事，似乎在这离公司也才30公里的地方重新认识了彼此，白天活动时已经有了一些固定搭配，晚上，在那些小桥流水的芦苇丛里，甚至宿舍楼背后，已经有成对的人在喁喁细语，女同事出去的时候洗一遍澡，过两个小时回来，还要洗一遍澡。潘曦也不是不合群，但一周以来，都没好气地盼着这些暧昧的训练赶紧结束。直到被分到和小树一组的那一天，潘曦才有点明白，大家都尝到了什么甜头。

这一天的项目是高空走钢丝，两个人分别从两头走到中间，下面还有一个人拉住上面那人的安全带。潘曦被分到和小树一组，小树的任务先是帮潘曦拉住安全带。这又是拓展训练里的一样羞耻设计。一个人在上面走，一个人在下面拉，拉得太紧或太松都会把上面的人拉倒，又要跟着钢丝上的人一起走动，这就需要两人充分配合，形成一种不可名状的牵绊之感。

潘曦在铁架上做准备，想着那个小孩儿能行吗？在高空中看小树，他看起来更像个小孩了。这么想着潘曦担心地又看向小树。小树已经把住绳子，整个身体向后弓起，绷得像一张拉满的弓一样，全神贯注地望着潘曦。小树不算多帅，但是眼睛很黑。即使潘曦看向他，他也连眼睛都没眨。其他同事做这个训练时，也不是不专注，但是总会有些嬉闹。何况潘曦根本就还没有出发，不用这样严阵以待。像小树这样认真样子的人，大概就这一个，潘曦不禁心里一跳。

下一个环节，是潘曦和小树从两头走向中间。远远地，看着小树伸开双臂慢慢走过来，潘曦发现自己非常希望快点接近小树，离他近一些，再近一些。一定是因为在这高处真的有不安全感，一定是因为同事们整天散发的荷尔蒙多少也传染到了潘曦，也或者只是因为这些所谓的训练太无聊了。潘曦不想要那种念头留在脑海，赶紧想了些别的乱七八糟的，想把那种希望赶出去，专心地一步一步向前蹭。

这个钢丝有一定的弹性，一个人走的时候基本能绷到平直，两个人走，重量越来越向中间集中时，钢丝的中部就向下沉，在上面的人也会因此有一点小小的滑动。潘曦和小树就遇到了这种情况。在最后一刻，两个人因为脚下的一点滑动晃了起来。潘曦感觉到自己身体不再稳定，似乎是要歪向大地，不自觉惊叫出了声，小树也在晃，却伸出双手弓起背，把潘曦紧紧搂在怀中。两个人前前后后晃了好几秒才稳住。潘曦惊魂未定地喘着气，小树拍了拍她的背。潘曦抬起头看他，小树笑了笑，又拍了拍她的背。

危险是不会有真正的危险，但是那一瞬间，小树像个大男人一样，把潘曦的惊惶和盼望都包裹住了。尽管在众目睽睽之下，也没有人认真起哄。毕竟这些训练里，这种接触还蛮常见的。只有潘曦自己知道，那应该是和一般的配合不太一样的，一个真正的拥抱。

拓展训练回来之后，潘曦感觉自己对小树有些异样的情愫。可是一离开有水有树、同住同寝的环境，似乎同事们都毫不费力地回到了普通状态，那些跨部门本来打得火热的同事，甚至一回到公司就显得很不熟，见面也只是点点头就过去了。潘曦大为不解。这是那些在拓展基地的小径一同散步，在池塘边分吃面包的同事吗？在拓展基地的那股亲热劲儿算什么？

　　潘曦常觉得小树是个小孩，但有时候她又会觉得，小树有些方面很成人，成人到做事的许多方式，潘曦还是远远看不懂。

　　小树和潘曦亲密了不少，甚至有一次潘曦上班，在楼梯上鞋带散了，小树从后面追上来拦住潘曦："你怎么不会系鞋带啊？"说着就自然地蹲下来，把潘曦的鞋带系上了。

　　潘曦觉得心里挺甜的，虽然他们在那边也没有什么亲热的行为，回来也没有过什么明确的表示，但她还是觉得心里有底。毕竟日子还长，还有许多的时间可以认识彼此。回来之后，潘曦开始留意小树了。

　　小树好像真的是个特别的男孩。午饭时在食堂排队，那些女生撒娇插队，小树既不翻脸也不谄媚，有时会让一让，有时也会挡一挡。由着那些女生撒娇卖萌，潘曦不喜欢；飞扬跋扈一点也不绅士的话，潘曦也不喜欢，但是小树的表现，真是让潘曦心里喜爱。

　　小树每周还会给通讯录里的一串朋友挨个儿打个电话问候。这让潘曦很惊讶。怎么还会有这种人呢，愿意花这么多时间和精力与朋友联络感情，说一些没必要、没用处的话。这和实用的潘曦形成了鲜明的对比。潘曦连家里都不怎么打电话。她总觉得没话可说，但小树就能在电话里闲聊。说闲话，是小树的一大特点。

　　这样的话，也许在一起不会无聊吧？我可受不了跟我自己一样的人在一起啊，两个人干巴巴的，只说有用的话，也是很可怕的。潘曦偷偷这么想着。

　　上班时，潘曦开始喊小树一起休息一下，也就是一起去抽根烟。但单独去，潘曦不太敢，总要再喊上两个人，大家闹一闹。

这一天，防火通道里熙熙攘攘，好多人都出来抽烟。小树、潘曦，还有公司最爱八卦的两个男同事被挤到一起。能在工作时间出来溜一会儿号，气氛总是愉快得很。加上有八卦的同事在，总有人会打听着这家的房子装修如何，那家的孩子如何。这种环境对于单身的同事总隐含着危险。果然，一个叫阿强的八卦同事转向小树："小树，你怎么没交个女朋友？你说实话，是不是喜欢潘曦？"

潘曦呆住了，心跳加快，这件事会这样被捅破吗？潘曦措手不及，只好看向小树。

小树的脸一下变得通红，他结结巴巴地说："我我我，我怎么配得上潘曦！"

潘曦不知道该做何感想，只得和其他人一起哄笑起来。一笑，事情就过去了。

这到底是什么意思呢？潘曦觉得，这一半是个表白，一半是个拒绝。潘曦心里没那么有准儿了。

过了一段时间，公司团建吃烧烤，老板也在。老板一般是不参加这种烧烤式团建的，大家想要随意一些，有老板在多少总会有些不自在。小树在席上显得很可爱，他也没去跟老板敬酒，也没有像其他人那样吹着牛说些掏心窝子的话，也不冷脸倨傲不搭理人。小树自己拎着一串烤韭菜，说："今天我想用一根韭菜配一杯啤酒！"然后就自己玩了起来，美滋滋地吃一根韭菜，笑眯眯地拿着杯子找人碰一下，喝一些酒。

老男人们喝着喝着就开始讨论女人的话题，比较起来，小树实在是太可爱了。潘曦不想再待。她突然灵机一动，连喝了几杯。过了一会儿，她摇摇晃晃地站起来说要先走了，脚下一个小趔趄，她扶住小树的肩膀。

老板站起来："潘曦，没大吧？自己回去能行吗？"

"没事的，我没喝多少。"潘曦又晃了一下。这次小树也站了起来，伸出手作势要扶潘曦。

"我看还是有点大，不然小树送一下潘曦吧，车费明天找我报。"老板说。

"不用了，"潘曦扶住头，往小树身上靠了点，做出略微有点睁不开眼的样子，又说，"站起来才发现好像是挺晕的呢。"

"别逞强了，小树送一下！"老板下了命令。

潘曦心里得意地比了个胜利的手势。

第二天，潘曦的死党文文听到这里时哈哈大笑，说潘曦高兴得太早。

她买了一堆零食来找潘曦八卦昨晚的情况。"这还有什么好说的！"两个人有一嘴没一嘴地聊着天。潘曦用一种"好笑的糗事"的语气，把昨晚的情形跟文文讲了一遍。

小树把潘曦送到家以后，潘曦装作晕头转向的样子，说要去洗个澡，一身烧烤和酒味很不舒服。洗完澡出来，潘曦只裹了一条浴巾就倒在床上了。潘曦不算醉，但也真的有些醉了，不然没法有这种大胆的灵感。小树一路上扶着她，她突然感觉很好，就想和小树试试肌肤相亲。

"真的帮你把滑下来的浴巾又搭回去啊？"文文又问一遍。

"是啊！"潘曦大喊。

文文笑翻过去，"我认为他这是对你完全的否定！"她脆生生地说。

潘曦洗完澡出来真的晕了，就任由浴巾松松地裹住自己。她听到小树似乎要走，就轻轻翻个身，迷迷糊糊地说："想喝水……"

小树又走了回来，轻手轻脚倒水，扶着潘曦坐起来喝了几口，潘曦又倒下去。

有几分演，几分真，潘曦自己也分不清了。她记得自己拍了拍身边的床，说："小树，你也来睡。"小树依稀说："你别管我，好好休息。"

潘曦又动了一下，背对着小树，感觉到浴巾滑了下来。这下是个光溜溜的背对着小树了。"我的背是我最漂亮的地方。"潘曦想。这一瞬间，潘曦似乎清醒了，全身心地等待发生一点什么。

小树就坐在床边，他似乎有那么一会儿屏住了呼吸。潘曦几乎也屏住了呼吸。不知道过了多久，潘曦的后面有一点窸窸窣窣的声音，然后，潘曦感觉到小树把她背后滑下去的浴巾又搭了回去。

那一瞬间潘曦的心凉了半截。这个傻瓜是不明白吗？

再然后，小树没有发出一丁点动静，而潘曦终于在酒精的作用下，真的慢慢睡着了。

"你可记着吧，这就是对你完全的否定。"文文又重复了一遍她的结论。

"那些有情有义的流氓都到哪儿去了！"潘曦也闹。

"现在就是一个君子横行的年代。"文文大大咧咧地说。

我知道了，你并不喜欢我对吧？潘曦心里默想着，其实有些伤感，但又没什么理由太伤感。又不能算失恋，显然他们并没有恋爱起来。小树做得很好，大家还是可以装作什么事情都没发生，继续当同事，当朋友，当比较好的朋友，甚至跨过这一夜，两个人差不多当上了兄弟。大家再也不提这一夜，就好像这是一个同事送另一个同事回家的普通一夜一样，不必再提。

过完春节回来，潘曦没有见到小树。设计总监带着小树一起辞职，去了郑州。设计总监在郑州创业，带上他最得力的手下一起走了。之前几个比较要好的同事还保持着一点微弱的联系，潘曦能听到一点小树的消息，小树升职了，小树工资翻了好几番，小树在那边项目做得很不错，小树开了一家网店，小树恋爱了，结婚了。

一年的时间，这些消息就一一传来。过去和小树的点点滴滴，仿佛都成了前尘往事。潘曦和阿强传看小树的结婚照，照片上的小树胖了一点，造型师给设计了一个英伦范儿的条纹西装造型，意外地适合并不是很帅的小树，显得非常有精神，并且非常稳重。潘曦突然想，小树果然是个很有潜力的男孩子啊，离开原来的东家就放飞了，发展得很好，又这么快就有了女朋友准备结婚，自己的眼光还是不错的。只是，她还悄悄地想：所以你真的不喜欢我，不然不会这么快就结婚吧？

潘曦也不是个老大难。没过多久，潘曦也开始恋爱，年纪也不小了，又顺理成章地开始操办婚事。

结婚的前一夜，潘曦接到小树的电话。潘曦不记得自己通知过小树，但小树在电话里说："恭喜你呀。你有人照顾，我就放心了。你就是缺一个人照顾你。"

潘曦隐约嗅到一点感情，又感觉到一丝恼怒。这算什么呢？大概是小树例行的"给朋友们时不时打个电话"的习惯吧。大概小树给朋友们打电话就是这样说话的吧？在准备婚礼的潘曦，把这个电话甩到脑后，不再去想。

在潘曦短暂痛苦的婚姻中，她也几乎没有想起过小树。毕竟，小树只是一棵小树。想又有什么用呢？人生中擦肩而过的人和事，数不胜数。潘曦不是一个回头看的人，她也不敢看，不去看自己经历了什么，又错过了什么，这样才能鼓起勇气向前走。小树就像她人生中的许多"闲话"一样，被她一股脑儿地塞进了心里一个不开锁的房间。那里没人会来，也没人惦记，是潘曦生命的故纸堆。

阿强结婚时，潘曦已经办完了离婚手续。听说小树也会赶来参加阿强的婚礼，潘曦的心中没有泛起太大的涟漪。说小树来这一趟不容易，已经是两个孩子的爸爸了，请个假很难。终于脱离了那段痛苦的婚姻，潘曦想透透气，见见老朋友，找回一点活力。毕竟，生活还要继续。这几年潘曦都没有见过什么朋友，这也是她第一次再以独身的身份，回到和原先最接近的社交生活中。

阿强的婚礼办得特别盛大，和女朋友长跑八年，终于有了个交代，阿强这几年也赚了点钱，可以办得像样一些。那是在草坪上布置的一场彩虹婚礼，整个草坪都用彩虹色的伞做装点，每个来宾都得到了一朵彩虹色的绸缎做的胸花。草坪上的拱门也是彩虹样式，到处都系着彩虹色的氢气球。潘曦也被要求穿色彩鲜艳的小礼服，鸡尾酒也都是彩色的。时值夏末，秋意已起，微风习习。每个人都说着、笑着，就像大家从未经历过挣扎，对每件事情都有信心和把握那样。潘曦在这梦幻般的婚礼上，感到有些恍惚。自己的婚礼还历历在目，瞬间又是孑然一身。夜色渐渐降下来，阿强的司仪在指挥开灯，草坪上顿时灯火通明，有两排地灯依次亮起，通向彩虹的拱门，阿强挽着他的新娘在散发着温柔光线的彩虹下出现，沿着两排白灯缓缓走起，走在两侧的来宾中间。潘曦使劲地鼓着掌，眼睛有些湿润了。

新郎和新娘交换完戒指后，顶空放起了礼花。潘曦在礼花炸开时，把杯中的酒一饮而尽。

这时，她看到了对面的小树。小树的脸被礼花照亮了，他是除了潘曦之外，唯一一个没有看烟火的人。他凝视着潘曦，眼睛里也有泪。

"那天，我伸出手想摸摸你。想了又想，也只敢把你盖上。"小树走到潘曦的身边，说了一句话。

"可千万别跟小男孩谈恋爱，气死了还不知道是怎么死的。"潘曦笑着想起曾经叮嘱过自己的一句话。

没有再说什么，也不必再说。一生已经过去，她想要的答案，只是爱过。

潘曦望着小树，眼泪热热地滚下来。礼花一个接一个地放着，发出震耳欲聋的声响。人们一起看向天空，欢呼、喝酒，庆祝着一对新人崭新的生活即将来临。

初恋
是橘子味儿
的

　　那会儿呢，我还是个初中生。初中生懂什么呀？看了几本漫画，就觉得自己长大了也要当个漫画家；考试高了那么几分，就觉得自己天赋异禀，很像一块当科学家的好料子；又或者看了《灌篮高手》，就希望自己也能嫁给那些热血又有型的男子才行。于是，校篮球队一时间成为学校最受欢迎的群体。

　　怎么个受欢迎法呢？就是那些男生在操场上打篮球时，操场边上一定会围着一群红着脸旁观的小姑娘。说来挺不好意思，我也是那些红着脸的小姑娘之一啦。

　　其实我根本没看过《灌篮高手》，只是大家都爱流川枫，所以我也就跟着爱流川枫。那时校队里有个男生长得很像流川枫，比我们大了足足两届，打起球来动作潇洒，眼神冷厉，总能引来无数少女竞折腰。但真相是，他除了帅之外几乎一无所长。听说他父母都在大学任教，但不知怎么，他的成绩还是很烂，几乎次次都是年级倒数。虽然人在校队，可篮球又打得一般，投篮更是十投九不中。他的长相有点痞里痞气的，既不是什么高年级的老大，也没有什么混社会的传闻，好似连架也不打的样子——我从本心里还是很希望他可以打打架的。

　　和流川枫很酷很酷的外表不相符的是，他非常喜欢橘黄色，他的一切都是橘黄色的，并且拥有一件全校最橘颜色的外套！橘黄色在阳光底下是会发光的，我想这就是他会让人觉得耀眼的原因吧。因为他对橘黄色的痴迷，所以橘子慢慢成了他的代号，我们也开始跟着橘子、橘子地叫了起来。

　　但这些都不是重点，重点是我暗恋他这件事情。

　　我和橘子原本根本无法产生任何交集。我刚入学时，橘子就已经是毕业班的人了，因此教室都分别在两栋教学楼，课间时想要有意无意地去偷瞄两眼都很困难。但条件不够，努力来凑，我觉得既然打定主意要暗恋人家，就要尽到本分才是，于是就打着要早起去学校背英语的幌子，每天天不亮就往学校跑。到了学校之后，放下书包就偷偷跑去二楼的阳台，默默地俯瞰橘子训练，看他一个投篮不进，再一个投篮，还是不进！

但谁会真的在意那只滚来滚去的篮球？只看到他在朝阳下发光的橘黄色T恤、手臂上银色的疤痕、踮起脚尖的跳跃、运球时的背影……我只能用胳膊徒劳地撑着脑袋，看着他把那颗球拍来拍去，在心里转着圈圈地尖叫——我也好想当那只球。

慢慢地开始不满足于这种远远地观望，于是又假装起体育爱好者，去操场上一圈一圈地走路。当时我因为青春期肥胖的缘故，全身的肉都在蓬勃地生长，又有天生的红脸蛋，虽然我觉得自己十分娇美可人，但也许只有真正的好心人才会昧着良心赞同。我不知道橘子会怎么想，也许到了最后，橘子也并不曾发现有个小胖子天天早起上学、积极锻炼，不过就是为了走过一圈一圈的时候，能路过他面前偷瞄他一眼罢了。

我原本是很满足于这样有规律、有朝气的暗恋活动的。没想到的是，某天我的朋友喵妹却带来了一个噩耗：橘子交女朋友了！更不幸的是，那个女生居然还是我校校花。因为是和橘子交往，所以人送外号"苹果"。我很不服气，整个学校还有比我脸更红、更圆、更像苹果的人吗？可是为什么她却变成了那个苹果呢？！我气得哇哇乱叫，可是喵妹又不会骗人，毕竟她有个和橘子同年级的姐姐。

苹果本就是校园风云人物，不但貌美，而且品学兼优，不但品学兼优，而且才华横溢。校刊上总是有她写的文章，国旗下讲话时她又经常作为学生代表演讲——天知道究竟是谁要她来代表我们的。总之，她的人生几乎毫无缺憾，只能用来被人嫉妒。

得知了这个消息之后，我一口银牙咬碎，决心发愤图强，而苹果也就这样成了我的假想敌。我也开始写作文试图往校刊上投稿，但是肚子里墨水空空的我想走文化这条路实在是太难了。于是我急流勇退，转而投向"政治路线"，正巧赶上班委换届，我也顺势参加了竞选，于是顺利"上位"，成了班上最讨人厌的纪律委员，但没出一个月，我就因为管不好纪律而被撤职，至此那条从纪律委员到班长再到国旗下演讲的美梦亦是破碎。偶像剧果然都是骗人的！我心里越发沮丧，又接连几次在操场上遇到苹果，她总坐在篮球场旁边的台阶上，爱意满满地给橘子加油。她喜欢扎高马尾，因此看上去皮肤白皙、脖颈纤细，真是十足的美人！这样一来，连我的那点自认为的可爱，也很是不够用了！

嫉妒折磨得我几乎要放声大哭——难道连我每天默默观赏橘子的宁静，也要被她的出现打破吗？我忍不住在心里诅咒："为什么教导主任不来抓他们呢！"

没想到没过多久，初三那边就辗转传来消息，说是橘子和苹果在操场上拉手被教导主任撞见了，主任很生气地请了家长，橘子和苹果也被迫分手了。得知这个消息之后，我心里一阵内疚，我觉得自己也许不该诅咒他们。爱一个人不是这么爱的，偶像剧里不是说，爱一个人只要他幸福就好了吗？

后来接连几天都没再见到橘子，我越发自责，忍不住逃了课偷偷摸摸地拉着喵妹去橘子班，趁人不备，我悄悄地从窗户往里瞄，但是并没有看到橘黄色的影子。橘子这是因为失恋连学都不上了吗？我心急如焚地在灰突突的人群里寻觅着橘子，喵妹轻轻地扯了我一把："倒数第三排那个趴着的男生是不是橘子啊？"我仔细一看真的是，只是因为上课的缘故，橘子没有穿那件橘黄色外套罢了。我正欣慰着，身后却猝不及防地传来一声呵斥："你俩干什么！"

我冷不丁被吓了一跳，嗷的一声叫了出来，转头发现是午饭后正散步消食的教导主任，正面色不善地瞪着我们俩。教室里原本在讲课的老师也疑惑地看向窗外，于是整个班的人都转过头来，橘子也跟着抬起了头——那是他第一次和我对视，竟然是以这样一种尴尬的方式。

后来我尴尬地在橘子面前被教导主任拎走了，喵妹机智地扯谎，说是想找姐姐拿家里的钥匙的。百般解释下，教导主任终于相信了我们的鬼话。在被主任赶走之前我依依不舍地又偷瞄了一眼橘子，他好像没事人似的，趴回桌上继续昏睡——连昏睡都睡得这么有款有型。

也许是做贼心虚，之后我在操场上看橘子也看得更鬼祟了，生怕被橘子觉出什么异常。几天之后，橘子大概走出了失恋的阴影，又日复一日机械地打着篮球，一切好似都没什么不同，只是再也没有苹果了。但他还是一如往常地没有注意到我，这倒是让我有些不知该松一口气，还是该失落一下了。

在中考快要来临时，我终于和橘子讲了一句话。那天我照例早起在操场上转悠，琢磨着怎样快速而不引人察觉地偷看橘子一眼，却看到一只篮球骨碌碌地从我眼前滚过。我下意识地跑去捡起了球，茫然地四下张望，发现橘子正冲我跑来。

我的天哪！那一刻我心灵的小宇宙开始不停地核爆炸，连毛细血管都在喊着bingo！我能听到心脏扑腾扑腾地跳得起劲儿——连这颗心脏都急着在橘子面前draw attention吗？我晕乎乎地站在那里，甚至都没有意识到我是怎么把球还给橘子的，但我仍然记得那天的朝阳给他的脸镀上了一层橘黄色的金边，他说了"谢谢"，喉结因此而轻轻地滑动了一下，于是我也跟着情不自禁地吞了一下口水，连"不用谢"都说不出来了。

中考虽然和我们初一的小毛头没有太大关系，但因为橘子，我一点也不喜欢中考。随着那一天一点点逼近，我开始每天都沉浸于一种莫名的悲伤中不能自拔。到了开始中考倒计时的时候，班上也跟着换了黑板报，于是负责黑板报的我和喵妹约好周末一起去学校，画好之后，我们百无聊赖地在学校晃悠。抱着惆怅的心情，我提议说去橘子在的楼那边转转吧，喵妹十分体谅地表示同意。大概也是上天的旨意，我原本只是想深情地凝望一下橘子的教室而已，可是却意外地发现他们的教室居然没有锁。我们俩鬼头鬼脑地溜进去，凭着记忆找到了橘子的课桌。课桌上倒是没什么东西，只放着几本书，看上去也很新。书的封皮上歪歪扭扭地写着"刘帅"。橘子=刘帅？！我在心里曾给橘子构想过无数个名字，但我从没想过橘子的名字居然这么普通，心里莫名地生气，当教授的爸妈就不能好好地给起个名字吗？！

"是不是他们换座位了啊？没准儿橘子不坐这儿了呢。"我嘟嘟囔囔地质疑。

可惜天不遂人愿，喵妹面带同情之色地把从桌洞里找到的一套大头贴递给了我，照片中赫然就是橘子那张帅脸。我又有点心软了——刘帅就刘帅吧，人家确实帅啊。没看几张，我就发现了橘子和苹果一起的合照，他们两人亲亲热热地挨在一起，表情甜蜜，活像个幸福的果篮。他们竟然……竟然还可以假分手？！

我被这个发现惊呆了。我从来没有见过那样的橘子，也没想过谈了恋爱的橘子原来一点都不酷，也会嘟着嘴卖萌，也会一脸害羞。我不知道该说"哎呀哎呀，你们继续"，还是应该一脚去把苹果踢下来。那么久以来那些堂皇的心事、莫须有的愧疚，还有懵懂的爱意竟然就这样付诸流水了，而这些情绪，好似我都不该有。那一刻我终于发现，原来我们一直都是两条平行线，我只能远远地窥见他，但是我们注定不会有交点。

可最要命的是，得知了这一切的我好似并没有幡然悔悟，就像小说里常会写的那样，顿悟了放手了解脱了。那一刻我的心只是微微地酸胀，好像呛了一口橘子汽水。

时间并不肯停滞，中考前一天午休时，整个学校都回荡着告别的歌曲，我在那有点哀伤、有点悲凉的旋律中独自在操场上转圈——习惯总是很难改掉的。篮球队那时早就不训练了，操场空荡荡的。可没想到的是，那天我又遇到了橘子，他抱着一只篮球横穿过塑胶操场走向我。那一刻我心中活泼地冒着小泡泡，我直直地盯着他，突然意识到，这也许是我最后一次见到他了。

"等我上了高中，橘子你都该上大学了吧！"我在心里默默地对他说。他慢慢地走来，和我擦身而过。

"刘帅？"我情不自禁地喊了他的名字。他转头，眼神疑惑。我也跟着涨红了脸，尴尬地背过手对他说，"你好啊。"他也尴尬起来："你好。"他疑惑地回答，接着挠了挠头，抱着球头也不回地走掉了。

拜拜啦，我望着他的背影，在心里对他说。

后来听说橘子并没有考上高中，去向不明，可苹果倒是考上了市重点，他们也很快就分手了，在我初二的第一个学期。还听说橘子改了名字，新名字很好听，能够配得上记忆中的他了。

但记忆中有一天，那时连我也变成了高中生，某天我在学校门口看到了一个疑似橘子的人。可我希望他不是橘子，那个人不是橘黄色的，也不会发光了。

也许有人看到这里要讲了啊，这哪里是什么初恋？这不过是一场未能得逞，又始乱终弃的暗恋嘛。

我才不管呢，总归我的初恋，就是橘子味儿的。

如风的
小镇青年，
我爱你

1. L

小学的时候，因为长得太高，我老是坐最后一排，坐我前面的是我们的班长小C，坐小C前面的是我的"初恋情人"L。

大概是四年级时，参考了一部分不那么负责任的电视剧和各大名著里隐晦的爱情故事，我脑中灵光一闪似的明白了，男同学和女同学也有可能不单单是同学，也有可能是恋人。

班里的男女关系纯洁而严肃，谁都不肯跟异性多说两句话，认为那是不正当的，被大家所鄙夷的，如果有哪个男女同学私交过密，马上会被拎出来示众，大家会把他们推搡来推搡去，起哄嘲笑，黑板上写着"××爱××"。但另一方面大家又对异性充满了好奇，男生捉弄女生，女生追逐着男生打闹，叫嚷着"××，你给我站住""我就不我就不"……这种只是换了形式的"调情"又被大家欣然接受。

不得不说小学生真的很古怪。

我和L一个学期都没有说过一句话，之所以留意到L，是看他每天捉弄小C，摇晃她的桌子，往她的文具盒里放小虫，借她的作业本抄。通过长久的观察，我发现L眼睛长得非常好看，睫毛很长。我开始羡慕小C，每天都把作业写好了放在桌角，期盼着今天小C生病没来，L来跟我借作业本。

不知道是不是我坚持不懈的期盼感动了上天，有一天小C生病了没来上课，L回头问我："她怎么没来？"我紧张又兴奋，脸上却要装得淡定无比甚至带了点厌恶，答道："大概……生病了吧。""噢……"L兴味索然，眼睛又瞄到我桌角的作业本，忽然趴在小C桌子上伸手直接把我的本子拿走了，"借我抄下。"L转过身后，我露出一丝不易察觉的微笑，或者说是我自认为不易察觉。同桌是个黑黝黝、傻乎乎、讨人厌的小男孩，他很疑惑地看着我，我注意到他在看着我，马上黑了脸粗声低吼道："看什么看！"

　　L很喜欢捉弄小C然后跑着让她追，一度我以为他喜欢小C，但后来他给小C取了个外号叫"胖子"。小C长得略胖，脸圆乎乎的，对于小学生来说已经懂得区分美丑，漂亮的女生总能得到相应的尊重，我开始确认L并不喜欢小C，也许纯粹是出于恶作剧在捉弄她。也许班里有个"胖子"那相应地也应该有个叫"瘦子"的人，不知道为何他把这个绰号给了毫无交集的我。有时候他会说："胖子后面坐着瘦猴子。"

　　对于这个毫无美感的"瘦猴子"绰号，我沾沾自喜了好多天。

　　我们语文老师是个中年男人，他很器重我，经常拿我的作文当范文，对此我是害羞的，有时候还有点无地自容，感觉自己写得并没多出众，实在不够资格让全班同学朗诵，那时我就把头埋得很低，脸发烫，希望时间快一点再快一点，赶紧结束这莫名其妙的全班朗诵。

　　有一次大家读完了，语文老师忽然心血来潮，问大家道："大家知道作者的中心思想是什么吗？"

　　一片安静。

　　我目瞪口呆，中心思想？什么玩意儿？

　　"L，你来说说。"老师把L叫了起来。

　　L站起来，一脸难色，转过头疑惑地看了我一眼，想了很久，脑袋也抓了几次，最后无奈地回答道："不知道。"

　　我真想一个大地震把我们全部震死在教室里，先是一块石头掉下把老师砸死，然后不断往下掉的石头把全部人砸死。

语文老师十分不满意这个答案，不悦道："不知道就站着吧，我们让作者来说说本文的中心思想是什么。"说完看着我。

我大惊失色，犹豫着站起来，看着老师，老师眼里满是鼓励和信任。

"我……我……"我支支吾吾，眼睛四下乱瞟，十分期盼这时候有个谁能给我偷偷递过来一张字条写着答案。

"没事，你告诉大家，你写的这篇作文的中心思想是什么。"老师还不死心。

我憋得满脸通红，挣扎了很久，小声说道："没有……中心思想。"

"你说什么？"老师假装没有听到我说的话。

我左手抓着右手，紧紧绞在一起，抬起头大声重复了一遍刚才的话："没有中心思想！"

同学有的惊讶地看着我，有的捂着嘴偷笑，有的不可置信地看着老师会有什么反应。

倒是L，他回过头冲我露出一个大大的笑，像是并肩作战的革命同志，充满了理解和欣赏。

2. 豪宅梦碎记

小时候，很羡慕那些家境好的同学，穿漂亮的衣服，用漂亮的文具，回家也不用喂鸡，不用去田里拔草。

有一次和同学去班里一个男生家玩，他家可真大，三层楼房，里外装修，宽敞明亮，院子里种满花草。他妈妈和我妈小时候是玩伴，拿我开玩笑问："以后嫁到我们家好不好？"当年还小，还没怎么学会掩饰情绪，脸上出现痴傻的"真的吗？那可太好了"的期待表情，倒是她儿子，我那同学，面红耳赤大喊道："我才不要！"我非常伤心。

初中的时候，我们隔壁的隔壁班有一个男生家里很有钱，这男生长得真是贼眉鼠眼还略胖，但他当时的女朋友是一个连我见到都会脸红心跳的大美女，可以毫不夸张地说，是我们学校最漂亮的女生。我们每周坐班车回家都会路过那个男生家门外的马路，每次我都忍不住回首张望，两栋造型奇特的房子连在一起，一个大院子，院子后就是他们家的工厂。肯定有很多房间吧，我忍不住又开始幻想如果自己住在里面该多幸福。我的一个小学同学和那个男生同一班，男生家的事情也是她告诉我的。没事的时候她有时候会来找我讲那个男生和他女朋友的事，大多时候是讲那个女生的坏话，说那个女生成绩有多差却还一心只惦记着谈恋爱，其实那男生成绩更是垫底，但她从来不说那男生的坏话。初中时，我的智商已经有一点点提高，心里明白我小学同学在暗恋那个男生，或者更准确地说，她和我一样，在暗恋那个男生家豪华明亮的房子。唯一给我点安慰的是男生的女朋友——那个大美女成绩真的很差。

后来发生了一件诡异的事。

前面说过的那个小学男同学，初中时分班分到我隔壁班，有一天他跑来找我借政治书。书还回来的时候，我看到其中有一页，好像是被圆规刺出了很多点，我仔细辨认，发现小小的点连起来写着"你好吗"三个字。

作为一个初中生，以我有限的人生经历，很难想象出有什么行为能比这个还浪漫。

我心惊肉跳，面红耳赤，浮想联翩，特别是我这个小学同学不仅家里宽敞明亮而且大眼睛长睫毛十分俊美，瞬间我就对那个贼眉鼠眼的胖小子释然了，家里有钱虽然好，但要是家里又有钱人又好看，那就更完美了，瞬间又对那个暗恋胖小子的小学同学充满同情。

一整节课我都神游太虚，抚摸着他用圆规一点点刺下的那三个字，感受着他的情深义重，心中如小鹿乱撞。他喜欢我吗？喜欢我又不敢表白，所以才来借书，又偷偷在书上刺下隐晦的"你好吗"三个字，情深却压抑，直白又含蓄，真是感人肺腑，罗曼蒂克。

我想了很久，拿了张洁白的草稿纸，写了一篇长长的信，主要表达了"我很好"这个主题。下课后走到他们班，郑重地把信给他。周围有几个人在窃笑，他有些意外地接过信。

我满怀期待地等着。

一天，两天，一个礼拜，两个礼拜。

奇怪的是他再没来找我借过政治书，也没给任何回应。

有一天，我和暗恋胖男生的小学同学相约课间去厕所。我们蹲在相邻的两个坑，她忽然苦恼地说，最近收到了几封情书不知道怎么办。我随口问都是谁写的啊。我真的只是礼貌地随口问问，她回不回答我都无所谓，但她却大方地告诉我："张三、李四、王二、××。"

我脑子轰的一声，犹如晴天霹雳，手里拿的厕纸都不小心掉到了坑里。

××，××，××，××……我脑海中不断地重复着这个名字。

"欸，你怎么还不起来？"同学站在坑前看我。

"哦哦，我的厕纸掉了。"

我神情恍惚，无措地看她。

3. 我的语文老师

到现在我还常常想起小学一年级的语文老师。

那个年代的男青年，总是让人回味无穷。

排队分班的时候，他穿着白衬衫，站在教室门口，眉目清秀，没有笑容，还带着点忧愁。

我的白衬衫情结大概就是从他开始的，能把白衬衫穿得像他那么好看的，再也没见过。

小学一年级的时候我就有个死对头，我和她都能把一张扶老奶奶过马路的看图写作文写得洋洋洒洒三百字。

我的死对头无论写什么作文，都喜欢在开头这样写："时光飞梭，岁月如箭"，那时候我还很纯真，不知道世界上还有一种东西叫《小学生作文大选》，所以我的开头都很平凡无趣："放学了，小红和小明一起回家，过马路的时候……"

我想我的语文老师每次批阅作文的时候肯定是嘴角含笑。

记忆中我很少和他说话。

他的板书写得很好，小学一年级的我就知道欣赏帅哥，顺便也得出了一个推论：长得好看的人字写得也好看。每次写生字作业，我都用力地写好每一个字，得用力才能每一页纸都写破啊，他大概是鼓励我，每次都大方地写个"优"。大概就是从那时候，我开始误会原来自己长得也挺美。

区里组织小学生作文大赛，我的语文老师推荐了我和我的死对头去参赛。

头天晚上，我翻来覆去睡不着，半夜爬起来削铅笔，把所有铅笔都削了一遍，写几个字，再用橡皮擦擦掉，确认笔能写字、橡皮擦能擦，才安心地又跑回床上睡觉。

早上天没亮我妈就把我叫起来，去参加作文大赛，对我们家那就是件大事，我妈给我煮了面，还加了鸡蛋，鼓励我要好好写。吃完饭天刚蒙蒙亮，我拿好东西，走着那条每天上学的小路奔往学校。

到学校的时候只有我一个人，我的语文老师住在学校的宿舍，他还没起床。我的死对头也还没到。

我无所事事地在学校晃来晃去，又无聊地一个人玩了会儿跳格子。

等了好久，我的死对头也来了，我们决定一起去敲语文老师的门叫他起床。

他睡眼蒙眬地开门，看是我们，抬手看看表，说道："这么早？"

他头发蓬乱，眯着眼睛，衬衫只下摆扣了几个扣子，白衬衫下年轻的身体时隐时现。

我不禁有些暗自高兴，高兴着又有些害羞，害羞后又是高兴，高兴后又有点茫然。

语文老师去洗漱，我和死对头坐在他的宿舍里，我的死对头也是个女生，和我一样对英俊男青年老师有着无限的好奇。我们四处打量。

等他洗漱好，我们就去门外等他换衣服。

当然，我没有去偷窥，虽然我很想，但旁边还站着死对头。

比赛是在区里的重点小学举行，所以我们三个得坐车去，他叫了一辆摩托车，死对头长得比较矮，被安排坐在司机前面，我坐中间，他坐我后面，那时候我还很小，小学一年级大概也就七岁，还不用忌讳男女授受不亲，所以当然也可以靠着老师，假装闭目养神，心里幻想自己已经是个大姑娘了，这是和恋人去踏青，心里美得……

死对头很烦人的一点是话多，从小我就是个话不多的孩子，所以对话很多的人非常厌恶。她总缠着老师问这问那，老师迫于职业道德总得回答她。平时没事她总是很积极地拿着语文课本去老师宿舍问问题，一开始我还嗤之以鼻，但几次以后我就坐不住了，一看死对头要去问问题，我也赶紧拿着书追过去……其实小学一年级的语文有什么好问的，主要是监视。

后来老师的宿舍换到了另外一个二层小楼的二楼。从教室走过去起码得十分钟，死对头就没办法在课间去了，所以就挑了下午放学后去。为了配合死对头的时间，我晚回家了好几次，我妈做饭叫不到人洗菜，为此我被骂了好几次，这都是她害的。

现在想起来，我和他的对话寥寥可数，大部分时间是死对头在假装问问题，他在回答问题，窗外的树影摇晃，我盯着他的睫毛发呆。

他只是代课老师，小学二年级的时候就走了。

新来的老师是个小老头，走起路来晃来晃去、摇摇摆摆，讲起课来也是毫无乐趣、让人昏昏欲睡。

我的死对头就是这个时候转学的，转到她爸妈工作的城市，也躲过了听小老头讲课的黑暗时光。后来五年级的时候她又转回来，依然是我的死对头，当然这是后话。

我人生的第一封信，就在小学二年级的时候寄出了。

收件人就是他。

大概就是写一些冠冕堂皇的话，诸如"您好！感谢您对我的栽培，我一定不负您的期望"之类。

没想到他却给我回了信。

间隔大概两个月后，我收到了信。

我寄到了他家里，我还记得是个叫"秋后"的地方，他不在家，他弟弟帮我转寄到深圳给了他，后来他回信到学校。

我拿到信如获至宝，天天揣在怀里，十分钟拿出来看一次。

印象很深的是他让我一定要好好学习，将来有机会也到深圳这样的大城市看看，要做个有出息的人。

这就是我整个小学的精神食粮啊，考不好的时候拿出来看一看，在家被骂了拿出来看一看，心情好了拿出来看一看，心情不好拿出来看一看……这封信伴我度过了懵懵懂懂的小学生涯。

后来我把信藏起来了。

后来我忘了藏哪儿了。

后来再也找不到了。

4. 贺礼

贺礼长得有些怪、瘦、高、手长脚长，一颗大脑袋上，生着一对大眼睛，睫毛很长，右眼角有颗黑痣。松软的头发打得薄薄一层，伏在额顶。贺礼的眼睛大而无神，像是睡迷糊了的人。

我小学的时候就认得他了。他在（2）班，我在（1）班。他是（2）班的中队长，我是（1）班的中队长。课间操排队时都站在后面，隔着一个人的距离，伸展运动时偶尔会拍到对方，有一次还和他一起去参加奥数比赛，不过我们没讲过话。

贺礼和我在同一个初中，分到了同一个班。

他坐在第一组的最后一排，我坐在第三组的倒数第二排。闷热的夏季晚自习，翻书的声音，小声朗读的声音，闲聊的声音，飞蛾扑着教室顶上的日光灯，阴影在书页上一闪一闪。我抬头无聊巡视，看到他时，他半斜在桌子上，一只手撑着大脑袋，眼神空荡荡，不知在想些什么。

不久，我也变得喜欢斜靠着桌子发呆。他向着我这个方向发呆，我向着他那个方向发呆，发呆的时间不一样，有时候我手撑着脑袋准备发呆，忽然碰上他直勾勾的眼神，他当然不是在看我，只是恰巧目光落在我这罢了。两个发呆的人目光落在对方脸上，总是我先假装不经意地移开视线。

有一次，我忽然心里有些愤愤不平，怎么每次都是我先移开？你怎么不移开？我就硬扛着跟他对视了几分钟，但他依然只是在发呆，结果变成我在恶狠狠地瞪一个发呆的人。

贺礼说起话来有些结巴，还是一种奇怪节奏的结巴，好像故意在给自己多争取点时间。

"你、你、以后、别、别、别再、记我的名字。"

他经常晚自习的时候和同学大声讲话，我负责记录吵闹人的名单给老师（当然，这是令人发指的，正经人都不该干这工作）。

我告诉贺礼，不想被记名字就不要讲话啊。

贺礼气愤地走了。

贺礼交了一些坏朋友，有一个叫河西。河西坐在第四组的第二排，有一次晚自习，坐河西后面的女生不小心把正在睡觉的河西吵醒了，河西红了眼，把那女生连人带桌子一齐推翻在地上。全班哗然，震惊于河西的起床气。我不看河西和女生的骂仗，只看贺礼的反应。贺礼趴在桌上，呆呆地看着，既不惊讶，也没想去制止河西。

我有些失望，埋头继续写作业。

贺礼的成绩变得很差，滑落到班级后十名。开班会的时候，班主任让后十名同学自己选一个前十名的同学帮助自己，俗称"一帮一"。我有一种预感，又无法确认这预感能否实现，脑子嗡嗡响，心跳加速。当贺礼说出我的名字时，我的脸涨得通红。

老师帮贺礼调换了座位，和我同桌。

我当时脑子应该是被驴踢了，真的尽职尽责地帮他辅导起功课。功课算个屁啊。

贺礼还是个很难配合的人，给他讲题时他从没认真在听。

"这——这——道道题、太难，听——不懂。"

再讲一遍他还是很茫然，干脆他就把我的作业拿去抄了一遍。

后来他发现抄作业效率很高，就再也不听我讲题了。

不讲题后，我和贺礼几乎无话可说。上课时，他不是在发呆，就是在睡觉，晚自习同河西一起翻墙去网吧。

我几次回想，始终想不出那次是为了什么事，我和贺礼吵得那么凶，气到我打了他一巴掌，他也打了我一巴掌。我哭了，哭得胡言乱语，说："我爸都没打过我！你敢打我！"其实我爸小时候经常揍我，有时候他和我妈轮番揍，一个揍累了换另一个揍。不知道为什么要说我爸都没打过我，可能是真的很委屈吧。贺礼没有哭，但他的眼睛红了，大概也是伤心了。

自从打了那巴掌后我们就没再说过一句话，直到初中毕业。

最后一次见贺礼，是我高中的时候。那时我只有很少的生活费，一个月回一次家，从市区坐车到镇上身上只剩下两块钱，再坐公交车回家需要五块钱。正在我一筹莫展时，看到贺礼站在路口等车。我走过去，问他："贺礼，你能借我点钱吗？"他抬头看我，依然一副昏昏然没睡醒的样子，摸了摸外套的内口袋："多——多——多少？""五块。"我说。

贺礼给了我二十。

我坐着公交车回家了，留下贺礼孤零零地等车。

文——谢青皮

给
爱花
和惜草

一

　　我住在一个尼姑庵里，这不合规矩，因为我身上比尼姑们多了个部件。但是大凡规矩，都有可以通融的地方。这个地方就是我还小。老尼姑们认为我处在这样一个年纪，即便是裸体，对我来说，也是不淫的。有了这样一个理由，她们就可以心安理得地看着我在庵里撒欢。因此我长久地住在庵里，这个理由也有长久存在的理由。所以即便我很大了，可以轻松地越过庵里的外墙，个头赛过了庵里任何一个尼姑，胳膊比她们的小腿还粗，她们依旧认为我还小。我的师父们都是顶顶方正的女人，对她们来说，男人不可以住在尼姑庵里，这是个事实；只要我还小，就不算是男人，这也是个事实。还有个事实是她们已经离不开我了，这从她们的目光里可以清晰地看到。所以她们坚定地认为，我还小，否则她们就一定要把我赶出去。很长的一段时间里，我也这样认为。

听庵里的师父们说，这庵本来是个和尚庙。打仗的时候，很多人带着老婆赶来做和尚。他们觉得，只要做了和尚，就不会被抓壮丁。但事实刚好相反，军队来的时候镇上的男人都跑光了，就剩下大把精壮的和尚。老总一声令下，就把和尚抓了个干干净净。

和尚的老婆们守着空庙等了许久，都没有等来自己的男人，一时间都心如死灰，出家做了尼姑，把和尚庙改成了尼姑庵。我待在这个庵里，一开始不用做什么。后来她们就叫我干些杂活，尼姑们觉得我虽然还小，但还是要干些事情，比如打打水，天热的时候帮她们扇扇子，喂喂庵后面的鸭子。

往尼姑庵东面走几米路，就是家赌坊，我没事干就往那边跑。我们这里有这样的习惯，如果小孩站在你后面，你赢了钱就得分那小孩一点，当然如果你输了，你也可以打那小孩一顿。我在那里信誉良好，因为有些小孩眼见那人要输就会跑掉，而我不一样，我家就在尼姑庵里，跑进了庵里还是要被抓出来，所以我一次也没跑过，而且挨打的时候特别乖巧。

我就是在这里碰到的万铁鼓，他赢钱的时候给的比别人多，打的时候比别人轻。一来二去，我对他产生了信任。那时候万铁鼓在码头当搬运工，收入可观，赌起来又输少赢多，也不抽大烟，没讨老婆，不大吃大喝，却整天穿得破破烂烂，吃起饭来也很节省。我不知道他的那些钱都去了哪里。我问他，他说他在攒老婆本。我说你起码得先把自己打扮得好一点，才有好姑娘看上你。他问："你小小年纪怎么知道这些？"我说："尼姑们就是这么教的。"

这以后，万铁鼓去看爱花的时候都穿得很整齐。我们庵对面就是码头，中间是一条大道。爱花每个礼拜三来看惜草，就要从这里走过。爱花来的时候，万铁鼓就笔直地站在一棵大柳树旁，用耳朵仔细地听爱花的小皮鞋踏在青石板上的声音，然后时不时地瞟上一眼。万铁鼓说，如果有一万个姑娘，两万只脚踩着皮鞋走过，他也能一下子分辨出哪双是爱花的。

爱花来看惜草的时候，我就站在庵里最高的房间里往下看。我端来坐凳，踩在脚下，趴在窗口，透过一棵银杏稀疏的叶子，就能看见街上的样子。我眼力奇好无比，甚至能看清万铁鼓头上的头发。爱花没来的时候，他就靠着那棵大柳树调整身姿，隔一段时间就捞点河水往头上涂，仔细地把每根头发往后面梳。有时候他向我大喊："小孩，这个样子怎么样，好不好啊？"我大声回答："我看不清，不过应该还可以。"然后他就咧开嘴笑起来，他嘴唇干枯，衣服上经常带着稻草，这一笑，就显得更好笑了。不过这些准备都没什么用，只要爱花的脚步声一响起来，万铁鼓就变得全身僵直，立在大柳树旁边，头发变得凌乱无比，一根根往上翘，满脸都是汗水。我看得清他的表情，万铁鼓茫然四处张望，看天看地，看柳树，看自己的鞋子，偶尔很快很快地瞟一眼爱花。不过爱花一眼都没看过他。

爱花剪短发，那些乌亮的头发像是缎子一样地垂着，她"噔噔"地踩着小皮鞋走在青石板上的时候，那些头发也一颤一颤的，有时候风把她的头发吹起来，就会露出一对很白的小耳朵。有一次，爱花和惜草讲话的时候歪了歪脑袋，那对耳朵又露出来，我上去摸了摸，凉凉的，而且很软。爱花把头转过来，冲我一笑，我转身跑掉了，惜草在身后说："他还小。"

爱花走路的时候目视前方，不偏不倚，焦点从来没放到过万铁鼓身上。我想，爱花每礼拜都来看惜草，万铁鼓每礼拜都来看爱花，她不可能一点都没注意到万铁鼓，她不去看万铁鼓，恰恰证明她已经知道万铁鼓这个人。但是如果爱花注意到了万铁鼓，她为什么不朝惜草或者我问问那个怪人是谁，为什么每次都站在那里。如果是我的话，发现这样一个怪人，我就一定要打听清楚，否则我就睡不好觉。

我对万铁鼓说："反正爱花每次都不看你，你干脆破罐子破摔，只要爱花来了，你就死死地盯着她，反正不看白不看，她不看你，就不知道你在看她。"

万铁鼓说："不行，一礼拜能看上一眼就够了，太多了我怕睡不着，闭上眼睛就都是她了。"

我说："你是不是想讨爱花做老婆？"

万铁鼓说："这哪能啊，我就想看看。你这小孩怎么懂这么多。"

我说："尼姑教的，听得多了就懂了。你真的不想讨爱花？"

万铁鼓低着头说："其实还是想的。"

我说："那你得找找出路，你一个搬箱子的，怎么可能讨爱花这么漂亮的老婆。"

万铁鼓说："其实我的理想是当一个画家，现在多多少少已经画得不错了。"

我说："你画给我看看。"

万铁鼓听了，折来一条柳枝，在沙地上画起来。勾出轮廓的时候我就知道，他是在画爱花，不多久，沙地上就多了张爱花的脸。我盯着看了一会儿，突然一滴水掉到上面。

我说："天下雨了，不对，万铁鼓，你怎么哭了？"

二

我住在一个尼姑庵里，里面所有的尼姑都觉得我还小。一到夏天，尼姑们热得不行，她们三三两两地待在房间里不肯出去，看我没事的时候就叫我进去给她们扇扇子。那时候她们都脱去厚重的僧袍，光着大腿，露出高耸的胸，只穿一件胸衣，或者躺在床上用白布遮着。如果我扇得用力点，就会把白布扇走，露出尼姑们雪白的乳房，然后她们很自然地弯下身子，捡起来继续盖上。她们坚定地认为我还小，即使是裸体，对我来说也是不淫的。但事实是，我已经很大了，足以分清男人和女人的差别。所以跟尼姑们待在一起对我来说是件很难受的事情。只有一个人是例外，那就是惜草。

惜草虽然觉得我很小，但是从来不在我面前袒露身子。她一天到晚穿着僧服，待在自己的房间里念经。即便天气很热了，她最多把我叫进房间里，把头发披下来，让我使劲扇她的头发，在我扇扇子的时候她就翻动她那些茂密的黑发。

惜草比我大几岁，是个瞎子。她有个习惯，早上的时候要出去走一圈，我还小的时候，爱花还在庵里，她就带着惜草走，我会在后面拉住惜草的衣服跟着走。后来爱花上学去了，那时候我也大了些，爱花就叫我帮她照顾惜草，她教我怎么给惜草盘头发，怎么用一根簪子把所有的头发定住。由于我俩都是孤儿，所以很能聊得来。我起来很早，每次我去叫惜草，然后打来水帮她洗脸，帮她盘头发，接着拉着她在庵里转一圈。早上的时候，整个庵安静无比，香客大都要到下午才来，尼姑们都还睡着。我拉着惜草，她走起路来会轻轻地喘气，我在前面听得很清楚。

关于惜草和爱花，我还可以做这样的介绍：她们是对姐妹，在我来之前，她们就被送进庵里了。尼姑们一致决定，虽然她俩被送进庵里了，但是不能剃头发，出不出家让爱花和惜草大了之后自己决定。

惜草告诉我，有一天，她们突然就收到了一笔钱，放在一个信封里，上面只有六个字——"给爱花和惜草"。到后来，每个月都有这样一笔钱，爱花就是用这笔钱去念书的。直到现在，她们还是没搞懂那钱来自哪里。惜草把那些信封都留下来了，有一次，我看到那些信封，从某个时间点起，那些信封上就画上了画，是两个小姑娘的样子。我给惜草说，信封上面画了画。

惜草问："画了些什么呀？"

我说："两个人，像是你和爱花。"

惜草听了，摸了信封好久，说："我本来一点也不知道。"

从那以后，惜草就更热衷于做善事了。她主要的善事只有一项，就是陪万铁鼓聊天。每次礼拜三爱花来看过惜草之后，万铁鼓就来找惜草聊天，我被关在外面，好几次想溜进去，都被万铁鼓赶出来了。对此我恨得咬牙切齿，原因是我喜欢上了惜草，看到她和万铁鼓单独待在一起，心里就很不自在。

我把这件事告诉万铁鼓，万铁鼓语重心长地摸摸我的头，说："你这么小，不应该懂这么多事，放心，我只喜欢爱花。"

我说："那你找惜草聊些什么？"

万铁鼓说："我告诉她，我学画画，总是定不下心，她就给我念经。上午爱花来的时候给她讲学校里的事，下午她就告诉我这些事。"

我说："她知道你喜欢爱花？"

万铁鼓说："她不知道，她就想找个人来说这些事。"

我说："那我要告诉她。"

万铁鼓说："不行，这样的话以后我就给你很少的钱，还很重很重地打你，而且不给你东西吃。"

我说："你真不喜欢惜草？"

万铁鼓摇摇头，说："我只喜欢爱花。"

三

关于我喜欢上惜草是这样的：一天早上，我拉着惜草走路，那天我心不在焉，走得很快。惜草在后面叫道："停一下。"我停下来，转过身去，惜草靠上来扶住我的肩膀，细细地喘气。我闻到一股香气，然后我看向惜草，突然发现她的脸就在我的面前，朝我吹着气，我俩已经一样高了。

这之后我就开始留心惜草，一些感觉突然地出现。比如说，惜草的手又滑又软，她的耳朵也像爱花一样漂亮。她的头发放下来垂到屁股，又浓又密，我把这些头发小心地盘起来，然后捏一捏惜草的耳垂，有时候惜草会抓住我的手，过一会儿，我俩都不说话，然后她就放开。

这些话我都没给万铁鼓说，很长的一段时间里，他都没有出现。哪怕是爱花来了，那棵柳树旁边也是空空荡荡的。

我从窗户里看过去，有一次爱花"噔噔"地走过那棵柳树，忽然停下来，退到那棵柳树旁边，茫然地转了个圈，不知道望向了哪里。这时候我突然意识到，爱花是知道万铁鼓的，万铁鼓在她生活里已经有了一个位置，但她并没有意识到这样一个位置，直到这个位置突然空出来了，她才觉得奇怪，那处落寞的空旷被她发现了，让她觉得奇怪和怅然。

我看到爱花绕着大柳树又走了一圈，走得又轻又慢，没有发出噔噔的声音，又低头闭了会儿眼睛，然后离开了。

那时候爱花很忙，她在忙出国的事。这件事本来我不知道，是有一次万铁鼓从惜草房间里走出来之后告诉我的，他笑着说："爱花要出国了。这件事真是让我又高兴又难受。"

就是从那以后，万铁鼓消失了，我听赌坊里的人说，他北上投亲戚去了。

爱花走之前最后一次来看惜草，我站在窗户前，还是没看见万铁鼓。爱花和惜草又收到很大一笔钱，所以爱花走的时候非常从容。她那噔噔的脚步声变得邈远之后，惜草突然抓住我的手，过了会儿，才说："我好久没见到那个人了，就是那个画家，以前我姐走了，他就来找我要我念经给她听。你认识他吗？"

我说："不认识，我还奇怪他每次和你说什么呢。"

惜草听了，轻轻地挠了挠我手心，放开了。

爱花走了没多久，我就在赌坊里看见了穿得破破烂烂的万铁鼓，那次他赢了一笔，拉着我说要去吃顿好的。路上，他把我拉到面前，比了比，说："你长得好快啊，跟我就差一个脑袋了。"

我问他："你最近到哪里去了？"

他说："搞钱去了。"

我问："钱呢？"

万铁鼓指向天边，拉长了调说："就在那里。"

四

万铁鼓给我讲了他是怎么喜欢上爱花的。他跟我一样是个孤儿，不过我是被扔在庵里，他是被人扔在码头，养大在码头，等他有了力气就开始帮人拎行李。有一次，他望见江上一只船的船头上站着两个漂亮的小女孩，跟他年纪差不多大。两个人打扮得一模一样，梳一样的辫子，穿一样的鞋子和衣服，长得也差不多。那是万铁鼓长到那么大见过的最奇妙的场景，他看着那艘船慢慢地过来，他就在心里想：停下来，停下来。那只船就停了，那两个女孩走下船，带着一个箱子，其中一个姑娘一只手拎着箱子，一只手牵着另一个姑娘。

万铁鼓跑上去夺过那只箱子，说："让我拎吧。"那个女孩看了他一眼，说："拎得小心点，我们去那边那个尼姑庵，你拎得动吗？"万铁鼓使劲地点头。

那时候爱花就穿着一双黑色的小皮鞋，走起路来已经会噔噔作响，万铁鼓抱着那只箱子，满头大汗地跟在后面，直愣愣地看着那个走在前面的小女孩，发现她走路的时候目视前方，不偏不倚。

到了庵门口，那个女孩转过头来，掏出钱，说："这个给你。"

万铁鼓茫然地摇摇头。那个女孩往前一步想把钱塞到万铁鼓的衣服里，万铁鼓一退。

女孩说："你不要，我可扔了。"万铁鼓又摇摇头，脸又黑又红。

然后她就把钱扔到地上，拉着另外一个女孩走进庵里去了。

万铁鼓说，就是这样，他喜欢上了爱花。那个时候他就决定，以后要攒很多很多的钱来娶爱花。

我问："那些钱呢？我怎么看不出你攒了很多的样子？"

万铁鼓摸摸我的头，笑了笑，没说什么，然后就去找惜草聊天去了。那天他们聊了很久，我在外面心神不安，守到天暗，万铁鼓方才出来。

我恶狠狠地问："你在里面这么久，究竟干了什么！"

他说："就聊天，告诉她我准备北上投亲戚去了，以后不来这里了，顺便感谢一番。"

我说："放屁！别唬老子！"

他忽然拉住我，把我揽在怀里，摁了摁我的脑袋，轻轻地说："哪儿学来的脏话呢，尼姑可不教这些。"

我说："就是尼姑教的。"

他一笑，放开我，很认真地帮我整了整衣领，没说什么就走了。我忽然就泄了气，看着他走远，他走得特别慢，路过那棵大柳树的时候忽然停了一下，似乎要走过去，然而没有，他对那棵柳树奇怪地伸了伸手，就快步离开了。

后来惜草说，她那时候特别希望万铁鼓能再留一段时间，因为她的眼睛马上就要动手术了，医院方面说有人愿意捐器官，上次那笔钱爱花没有全拿走，足够手术的钱了。手术一好，她就可以看到万铁鼓了。她告诉万铁鼓，说她很想看看他长什么样子。但是万铁鼓说什么也不肯再留下来了，他说北方已经说好了一门亲事，他要赶过去成亲，他说以后他会来看惜草的。

走之前，万铁鼓给我说："我真是又高兴又难受啊。"

说完这句话以后，万铁鼓就再也没有出现，赌坊里的人也说没见过他。他干活的码头上人来人往，可就是没他的影子了。

万铁鼓消失了，我渐渐地也不往赌坊跑了。因为赌坊里的人都说我已经大了，他们即使赢了钱，也不会再分给身后的我，输了也不会来打我。除了庵里的尼姑们，他们都说，我长大了。有时候，我会跑到码头上，那些挑夫们来来往往，可就是没有一个像万铁鼓一样。我幻想小小的万铁鼓站在一个角落里，远处漂来一条小船，小小的爱花和惜草站在船头，两个人一模一样，一样地白，一样地玲珑。万铁鼓在自己的角落里张大了嘴，傻乎乎地看着，有时候又不好意思地低下头去，轻轻地念："停下来，停下来。"就好像他长大以后站在那棵大柳树旁，低着头，听爱花经过时的脚步声，偶尔瞟上一眼。站在码头上，我看不见爱花，看不见惜草，也看不见万铁鼓。我发呆的时候有时会有人拉住我，把他们的行李交到我手里，我一边发呆，想着万铁鼓和爱花的事情，一边跟在他们身后，走到一个个陌生的地方，然后又回到码头。我问那些挑夫，万铁鼓去哪里了，他们有说北上成亲的，也有说瞎了淹死在河里的。再到后来，我说起万铁鼓，他们露出疑惑的表情，说根本没有见过这个人，没有听过这个名字，只有惜草有时还会惆怅地望向北方。

后来一个冬天，夜里下了场很大的雪，雾气清冷。我一大早爬起来扫雪，庵外面传来敲门声。

我打开门，一个瞎子戴着副黑色眼镜，穿得很单薄。

我问："施主有什么事情吗？"

瞎子问："你们这里过年的对联写好了吗？"

我说："你能写？"

瞎子说："你要我写，我就能写。"

我说："今年的已经写完了，你明年来吧。"

瞎子说："我不收钱，怎么样，就当讨个好彩头。"

我取来几条红纸，说："你随便写点吧。"

那瞎子摸了摸纸，说："好纸。"然后用长满老疮的手从怀里掏出个小墨水瓶和一支毛笔。

也许是天冷，也许是他的手冻得太厉害，他试了几次没拧开墨水瓶盖子。

我说："我帮你吧。"

他摇摇头，弯下腰使力，盖子忽地被拧开，墨水溅了他一身，脸上也有些。他忙用跟墨水一样黑的袖子胡乱擦了擦，说："地没脏吧？"

我说："没事，你衣服怎么办？"

他说："不打紧，不打紧。"然后徐徐地写了四个字——"万事如意"。

我说："好兆头。"

那瞎子惨兮兮地一笑，说："脏了地，真是不好意思。"说完收了笔就要离开。

待他走得远了，我突然鬼使神差地大声问道："万铁鼓到底喜不喜欢惜草？"

那个瞎子好像没听见似的，慢慢地走了，第二年也没有来。有时候我想，也许是冻死在北方某个地方了。

文 —— 蔡要要

食物是
我给你的
情书

　　阿紫看见阿武的时候，是她十七岁生日那天。放学的时候，他和一大群男孩子走在她的前面，她听见那群男孩子正在高声地谈论着以后要找什么老婆的问题。阿武大声地说："我以后要找一个最会做饭的老婆。"大家都笑了，大概是笑他太实在了。阿紫忍不住看向阿武，他也在跟着大家一起笑，那神采飞扬的样子，就永恒地刻在了她的心里。到家爸妈给阿紫准备了生日蛋糕，他们要她许一个愿，她闭上眼睛，在心里说："那就让我会做天下最好吃的饭吧。"阿紫一口气吹灭了十七根蜡烛，安然又带着期待地迈进了属于她的十七岁。

土豆，还是土豆

阿武：

你好。

我是阿紫，这是我要告诉你的一些事情。但你可能永远也不会知道。

17岁的时候我记住了你，知道了你的名字，知道了你在哪一个班，知道了你每次去食堂，都会坐在角落里那个位置。可你身边永远有一大群人，我不能靠得很近，只能远远地看着。那天在食堂打饭，我悄悄排在你身后，听见你认真地对打饭的阿姨说，一份土豆丝，一份土豆烧肉。我在心里偷偷地笑了，原来你喜欢吃土豆啊。一不留神，你转身的时候餐盘整个撞在了我的身上。我狼狈万分，你居然笑了出来："你看你，浑身都是土豆。"我红着脸去水龙头前清理，你插着口袋跟在我身后，不怀好意一般说道："土豆妹，你要赔我的午饭。"我气急败坏地吼道："不准叫我土豆妹。"

我们就算这么认识了，在长长的学校的走廊里碰见，你会大声地喊："土豆妹，你好啊！"我总是红着脸匆匆地走过去。其实我的心里是高兴的，你不是喜欢吃土豆吗？叫我土豆妹，我也是愿意的。但我怎么能让你猜到我的小心思，所以我总是装作很生气的样子瞪着你，你也会得意地哈哈大笑。

　　我在心里想，你不要得意得太早呢。我想做土豆给你吃，做最好吃的土豆。可是我一点饭也不会做啊。我只好去求妈妈，装作不经意的样子说："妈，你教我做饭吧。"我妈倒是惊喜万分，以为我洗心革面甩掉了好吃懒做的帽子。"想学什么菜？"我妈一副打了鸡血的样子。"土豆，我想学做土豆！"我大声地说道。

　　妈妈教会了我做土豆鸡块。我学会了怎么选土豆，要选个头适中、形状又圆圆的，这样的土豆才好吃，还学会了怎么把鸡块做得外酥里嫩，知道要加半罐啤酒和一些叫桂皮的香料。我大概花了一个月时间，那个月，家里的餐桌上每天都是我做失败的土豆鸡块。直到有一天爸爸夹起一块土豆放进嘴里，以难以置信的表情看着我，惊呼道："太好吃了，我的女儿是个天才！"我知道我可以带着土豆鸡块去给你尝尝了。

　　我买了一个我能找到的最好看的小饭盒，装满了我亲手做的土豆鸡块，不知道你喜欢不喜欢吃呢，可是你的那句话，说一定要找个会做饭的女孩子做老婆，我可是记得清清楚楚。忐忑了一整个上午，终于到了去吃饭的时候了，我紧紧地抓着那个饭盒，站在食堂的中间四处张望，害怕错过你的身影。你来了，身边也围着那些讨厌的男生。我鼓足了勇气，走到你面前。你看见了我，像以前一样贱贱地喊我土豆妹。我几乎要把嘴唇咬出了血，却还是不敢把手里捧着的土豆鸡块递给你。这时，你旁边的男孩子却用力推着你喊："那个四班的张佳倩，你喜欢的那个女孩啊！"我一下愣住了，眼泪差点夺眶而出，幸好你们都转过了头，我才有时间拼命地忍住了眼泪。你看了一会儿那个女孩，才回过头来问我："你找我有事吗？土豆妹。"我一下子不知道如何回答你，在心里说了无数次的话这下再也说不出口，我悄悄把手里的饭盒放在身后，拼命冲你喊："以后不要再喊我土豆妹了！"就转身落荒而逃。我听见你们在我身后放声大笑，我不敢回头，因为我的眼泪已经忍不住了。

我跑到没有人的楼道里坐下来，那盒原本要给你的土豆鸡块也没了人吃。我坐下来，打开饭盒，认真地第一次尝了一口自己做的土豆鸡块，意外地好吃，土豆绵而软，鸡块也很鲜，你没有吃到，不然你一定会觉得好吃的。我静静地吃完了那盒土豆鸡块，这是我做给你的第一道菜，只可惜没有告诉你。

柴鱼汤

阿武：

你好。

高中毕业我们都去读了大学，你在北方，我在南方，我想你应该已经把我忘记了吧，忘了那个你叫她土豆妹的女孩子。其实我们根本没有说过什么话，连毕业的那个暑假，我都没能见到你一次。我打听到了你在的城市，想给你写信，却一封也不敢寄出去。说什么呢，说我很喜欢你，你大概也不在乎吧。

也不知道你现在爱吃些什么，北方的饭菜是不是合你的口味。我真是一个不折不扣的傻瓜，居然因为你一句话记了这么久。其实我到现在也还是不太会做饭，自从学会了土豆鸡块，我就再也没有做过其他菜了。我这么笨，你应该也是不会喜欢我的。

大学的生活过得很快，大二暑假回家，和以前的同学聚会，大家嘻嘻哈哈谈起以前的人，我装作不经意地提到你的名字，想知道你现在怎么样。一个男生忽然说，你前天阑尾炎发作，还动了手术，现在还躺在医院里。我的手抖了一下，差点洒出了手里的饮料。那男生抱怨说："本来想找他一起打球的，现在也不行了。"我暗暗记下了你在的医院，心里忽然有了一种非要去看看你的冲动。

晚上回了家，爸妈在旁边谈着工作的事儿，我魂不守舍地听着，忽然插话道："动了手术吃什么好？"我妈随口答道："喝点柴鱼汤是不错的，对伤口好。"他们又继续聊起之前的话题，我的心里却有了主意。

其实我根本不知道什么是柴鱼汤，印象中小时候倒是喝过几次，可要怎么做我哪里会知道，还是得去求妈妈。我红着脸进了厨房，妈妈正在准备午饭，我嗫嚅了半天，终于还是开口说道："妈，我有个朋友动手术住院了，我想去看看他。"我妈点点头，说："好呀，去看就是了。"我的脸更红了，不知道怎么才能说出口。妈妈奇怪地看了我一眼，忽然笑了："是男同学是不是？你想做柴鱼汤给他喝？"老妈，你真是太了解我了，我拼命地点头。妈妈在我屁股上拍了一下，大笑着说："女儿大了，好，晚上买柴鱼回来教你做。"

妈妈不愧是厨神，我信心大增。她一一指导了我要点，柴鱼要片成薄片，用鸡蛋和淀粉挂糊，然后烧水，放一点儿口蘑，加上胡椒和姜丝，等水开了，把挂了糊的柴鱼片滚上一滚，汤就做好了。可是说起来容易做起来难，光是把柴鱼片好，就弄得我满身大汗。不过等做好后，我尝了一口，真是鲜美异常。我跳起来抱住老妈，大喊万岁。

第二天我起了个大早，又依样照葫芦画瓢地做了一保温壶的柴鱼汤，还自作主张地加了一点儿火腿丝，嗯，更好喝了。不知道你吃到的时候会怎么想，会不会很奇怪，高中的那个土豆妹，居然会做饭。我一路上紧张地捧着那壶汤，想这次无论如何，也要把它递到你的手里。

我找到了你在的病房，在门口深深地吸了一口气，我对自己说，这没什么的，只是想让你喝一口汤。我的心在剧烈地怦怦跳着，我想幸好我现在就在医院，不然我真的会以为自己要去看医生呢。我穿着上个星期才买的连衣裙，头发也扎得紧紧的，没有一丝凌乱的痕迹。好了，该进去了。我对自己说。

可是本来该躺着的，你病床上却空空的，你不在那里。我的心在那一刻仿佛停止了跳动，本来满天明媚的阳光也一下子失去了光泽。护士进来说你出院了。我再一次错过了，你又一次没能吃到我煮的食物，这一次，你离开得更快了。

回去的路上，我在楼下把整盒汤倒进了垃圾桶，我给自己解释说，汤冷了。那天晚上，我第一次失眠了，我轻轻地念你的名字，好像你能听见一样。

深夜的面

阿武：

你好。

我们又很久没有见面了。我还是牢牢地记着你，不知道你是不是和我一样，也经常地想起我。

大学毕业，我结束了大学的恋情，男朋友留了下来，我却回了家。我们在一起一年，不温不火，第一次接吻的时候，我也并没有踮起脚尖。他是个好男孩，温柔又善良。他对食物不挑剔，我们一起吃饭，总是很随便，我也不说什么，不知道为什么，偶尔也会想起第一次见到你的时候，你说的那句话。你说，一定要找个会做饭的女孩子呢。我情不自禁地微笑，不知道你现在找到了没有。

我的生活极其规律，上班，下班，回家妈妈就已经做好了饭，老爸总是在看新闻，一切都很温馨。我过得很好，暂时也不想谈恋爱，倒是爸妈经常装作不经意地提醒我，说什么时候带个女婿回家。我打着马虎眼糊弄过去，也不知道自己在等什么。

那天下班的时候我去超市想买些零食和酸奶带回家，自己一个人正逛着，拿起一包薯片的时候，忽然有个声音在我背后响起来："土豆妹，你还吃薯片啊。"那包薯片掉在了地上，我回头，是你。你似乎长高了一点，又似乎一点也没有变。你居然就站在我的面前，和我幻想了千百次的样子都不一样，真实得让我觉得不可能是真的。你走过来，帮我捡起那包薯片，"你怎么会在这儿？"我不敢看你的眼睛，不然我可能会忍不住马上就要尖叫。"我回来工作了。还有能不能不要再叫我土豆妹。"我用尽了全身的力气，让我的声音不要颤抖。你笑了起来，我几乎马上要晕眩过去。"真巧。"你说。

是啊，真巧，我错过了你那么多次，这次却这么巧。你要走了我的号码，说保持联系。走回家的路上，我几乎要对每一个路过的人微笑，我想大声地告诉他们每个人，我再次遇见了你。我还来不及问你,这些我看不到你的这些时间里,你过得怎么样?我想应该是很好的,因为你就是很好的。

那天晚上我梦见了你,你还穿着高中时候的衣服,我们坐在一起,我问你有没有找到那个会做饭的女孩子。你摇摇头,说没有,问我认不认识这样的女生。我想大声地告诉你说我呀,可是我却突然说不出话来,我张口结舌,着急地手舞足蹈,却一句话也说不出来。醒来的时候我不知道意味着什么,醒来的时候却看见你的短信,你说:"土豆妹,碰见你真高兴。"

那些天我们时常发短信,你把你这些年的趣事说给我听,我捧着手机笑得前仰后合。我们从来没有说过这么多话,我真的是太幸福了。上天对我很好,这么多年过去了,也没有忘记我。一定有一个神,听见了我心里的话。他知道我还在想你。

那天下班,我在家心不在焉地看着电视,你好几天没有给我发短信了,我不时地抓起手机看看,却还是什么也没有。也许你在忙吧,而且,我们连朋友都算不上。我丧气地这么想着,却还是不停地看着依旧平静的电话。我正要刷牙睡觉,短信却来了,是你的,你说:"好饿,想不想出来吃点东西。"我一下子跳了起来,大喊道:"妈,我饿了,出去买点东西吃。"就跑出了门。

我们约在高中门口见,你斜斜地站在一棵树下,让我以为这些年的时间都像没有流淌过一样。我轻轻地喊了一声，你给了我一个大大的笑容。"好饿，我们去找点东西吃。"你开心地说道。我们走了很远，也没有找到什么好吃的，只有几家烧烤摊，你却嫌油腻不想吃。"怎么办？"你沮丧的表情挤满了脸上，"哪怕吃碗面也好。"你摸着肚子说。"我要是会煮饭就好了，家里有面条，可我不会煮，我爸妈回老家了，剩下我这个生活白痴天天吃盒饭都要吃吐了。"你皱着眉头，一副可怜巴巴的样子。天啊，你不会知道那一刻我有多么激动，难怪你说要找一个会做饭的女孩子当老婆，我几乎要大笑出来。

"我会煮面。"我挺了挺胸脯。"你会？"你感激地看着我。我点点头，想掩饰我的不自信。其实我还是不太会煮饭，可只是煮个面而已，不会太难的。你带我回了家，打开冰箱，里面倒是堆满了菜。"你看着办吧，想拿啥就拿啥。"你充满期待地看着我，我只能赶鸭子上架了。

选了两个番茄，打了几只鸡蛋，又翻出一包挂面，我对自己说，考验你的时候到了。番茄切了小丁，鸡蛋打散，先用油把番茄煎香，加上水煮得整锅汤都红艳艳的，下一把挂面，关火前倒上打好的鸡蛋液，最后淋上一点芝麻油。我得意地把面端给你，满脸是忍不住的高兴。你尝了一口，惊诧地望着我说："好吃，可是好像忘了放盐。"我的笑容顿时僵在了脸上，我居然忘了放盐！你哈哈大笑，去拿了盐加进去，把整碗面都吃光了。

你瘫倒在沙发上看着我，说："吃饱了，谢谢你。"我的脸顿时就红了，比刚才的番茄还要红。你倒是没有注意到，继续说着，"能遇见以前的同学真好，就要走了，能和你这么聚聚我真的太开心了。"你还在不停地说着，说你的女朋友要你去她在的城市，说你舍不得离开，但是还是得走。

剩下的我再也没有听进去，我呆呆地坐在那里，大脑一片空白。唯有三个字在我脑海里炸开，女朋友，你有女朋友了。

一起吃火锅好吗

阿武：

你好。

你就这么又离开了。走之前你给我发了短信，谢谢我给你煮的那碗面。我再一次失去了你，虽然我从来没有得到过你。其实我已经习惯了，早就不应该抱着希望，在如此漫长的时间里，我得到过的，真的是太微乎其微了，所以也就无所谓失去。

爸妈退了休，去乡下找了处房子养老，种种菜、养养花，日子过得很滋润。我自己一个人住着，也还算惬意。他们不放心我，怕我老在外面吃饭，坏了肠胃。慢慢地自己住久了，也就开始做饭了，以前那么想要讨好你，却也没有真正地做过什么饭菜，现在倒是研究起厨艺来。

没事的时候就喜欢逛市场，看见新鲜的蔬菜鱼虾，都忍不住买回来，上网查了做法，烹饪倒也成了我平时的乐趣。最近又添了烤箱，热衷于烘焙，那天烤了蛋糕给爸妈送去，他们吃得很开心，不过又伤感我怎么还没嫁出去，说到最后两个老人家差点落下泪来。

我也不着急，自己过着也很好。只是吃饭的时候一个人也难免觉得有些凄凉，经常炖了些汤，要喝上好几天才能喝完。我想到你，你那个女朋友，大概是很会做饭的吧。我竟然还是浮现出一点醋意，想着自己也不禁笑出了声，还是放不下。这大概就是执念吧，我是俗人，却真也算得上是痴傻得厉害。你走之后再也没有和我联系，大概是把我又忘记了。想想这些年，我们实在也无什么特殊的交集，我甚至有时候都不会想起你来了。但最近，做了新的菜肴，却也会忍不住想说，到底也没能成为给你做饭的那个人。大抵只是不甘心吧。

冬至那天爸妈打了电话来说天冷，叮嘱我自己一个人也要吃点好的。我下班去买了些烫火锅的肥牛、蔬菜，拎了满满一袋子，想要回家自己一个人舒服地吃上一顿。小日子过得也算有滋有味，我苦笑着这么想。手机忽然有短信进来，是个陌生的号码。我打开来看，屏幕上显示着一排字："土豆妹，我回来了。"

是你，你回来了。我竟然不太激动，到了家坐在椅子上想了很久，倒了一杯酒慢慢地喝着，我的心里浮现出千百种可能，也许你是带着女朋友或是妻子回来的，也许你只是路过，也许还有很多种也许。我叹了一口气，删了短信。我不打算回复，我已经错过了你，那就错过好了。再也经不起任何的失望和叹息。我站起来，准备我自己的晚饭。

火锅做起来很快，底料是现成的，我切了豆腐和土豆，择好青菜，又倒上一些鱼丸和牛羊肉，摆了满满一桌子。锅很快就滚了，我却一点食欲也没有。我忽然疯狂地站起来，想回忆起刚才你给我发信息的那个号码，却怎么也想不起来。也好，到底是没有缘分。电话响了起来，我几乎没有思考就接了。是你，你的声音传了过来。你说："土豆妹，怎么不回信息，有没有空吃个饭，一个人，好饿。"

我的眼泪簌簌地流下来，我哽咽着说："我已经会做饭了，我给你做过土豆鸡块，给你做过柴鱼汤，给你做过没有加盐的面条。"我不停地说着，直到你在那头温柔地打断我："那今天你要给我做什么？"我大声地对着电话那头的你说："我们一起来吃火锅吧。"

阿紫坐下来等阿武，她从来没有亲口对他说过一句我喜欢你，但是这些食物，就是她要呈上的情书。

文
——
李春银桑

淦家辉

从小就没有男同学喜欢我。虽然我也扎麻花辫，也穿花花的裙子，但就是怎么都没有男生来揪我的辫子，往我的头发里揉苍耳，给我起外号；也从来没有后桌来画花我的校服，踢我的凳腿。偶有男同学来逗逗我，心里受宠若惊，欢呼雀跃来不及，根本装不好娇嗔羞恼的样子。

虽然没有被别人喜欢过，喜欢别人我可是丝毫不落人后，小学还比较纯情，两个——石磊和李伟，中学就手指头数不过来了，本班的陈建斌、潘垣、周杰，三班的周翔、洪亮，一班的蒋立强等，见一个爱一个，更新特别快，现在很多我都叫不出名字来。他们成绩有好，有不好，共同特点就是都蛮好看的。

再后来，初三复读的时候，我喜欢上了一个初二的小男生，叫淦家辉。喜欢他之后，我才觉得，之前的那些小九九，浮尘一般，阵风即散，根本就算不上暗恋。

刚刚发觉自己喜欢上他的时候，心里很排斥，因为他是弟弟啊，才十四岁，还没发育，骨瘦如柴，矮我半个头，名字落俗，也不是很帅的类型，单眼皮，疏疏的眉毛，白白的一张脸上有些细细的斑。但是后来我又觉得很好看。

淦家辉成绩很好，是学校的中队长之类，姑姑淦国庆是我们中学的老师，他从县里转学过来后，一直寄住在姑姑家，姑姑家就在学校足球场的另一端。

我总是伏在三楼走廊尽头的栏杆上，看他每天下课后，抱着书，慢慢地、慢慢地走过那条绿茵场上的羊肠小径，进去教职工楼后，就看不见了，所以也不知道具体住的哪一间。有时，他也会绕远路，走球场外围的那条水泥路，经过我们中学杨柳依依的小池塘，也是抱着点书或别的什么，不疾不徐地迈步，看上去若有所思。上楼梯的时候却蹦蹦跶跶的，整个身体都晃晃悠悠，感觉上楼梯也变成了好玩的事。

淦国庆是老师里的"悍妇"，嗓音嘹亮。黄昏无人的校园内，总是仿佛听得到淦国庆喊他的声音："淦家辉——淦家辉——"

可能为了变强壮，他不是在篮球场，就在乒乓台。为了多和他玩，篮球我也开始摸了，站在筐下左右虚晃，就是碰不着球，弱爆了。可是和大家在一起玩的几次，淦家辉拿到球总是自己不投，就传给我。打乒乓球也是，他连环杀掉了好几个对手，轮到我上，曾伟喊："秒杀她！"他却淡淡地说："我不想秒杀她。"好听的嗓音，然后开始慢慢地和我调球，温柔极了。

他性格很好，对每个女生都笑容可掬的，一开始我还以为他对我比较特别，所以扑通就陷进去了。每次和他玩耍、说话，都觉得自己通体轻盈，周遭也宛若仙境，风在吹，云在飘，花在笑。后来才听说，他们整个初二（2）班，百分之九十的女生，都扑通陷进去了。

但他不觉得那有什么，天然的温声细语、妙语迭出、光彩照人的一名妙人儿罢了，在我们那个灰蒙蒙的梅棠中学，闪亮亮。谁会不喜欢呢？我和秋平背后都喊淦家辉"香饽饽"。

当初认识淦家辉，是因为我的同桌陈洁。陈洁是我复读后第一个好友，她和淦家辉情况一样，寄住在老师家。曾伟、欧阳几个也都类似，我家又离学校不远，没爹娘管的一拨校内好友顺理成章混成一团。

每周三不上晚自习的夜里，校园寂静，我们五六个人，集合到他们班"自习"，有时淦国庆跑来查岗，就立刻假装写作业。

陈洁会在弟弟们的桌肚里翻来翻去，我就趁机跟着学，也跑去翻淦家辉的桌肚，为了防止被怀疑，还连着把欧阳和曾伟的桌肚也给翻了。

不过可能喜欢一个人，真的是再怎么包，都是烈焰。有次他们似乎在背后说我什么坏话，我揪着欧阳逼他说清楚，欧阳说："曾伟说，你喜欢淦家辉。"当时我心里就炸了，他们在背后都讨论过的话，那淦家辉也听到了？

　　但当时我非常敏捷地装了一个"随你们小屁孩瞎扯去，老子无所谓"的酷酷表情。

　　欸，说回淦家辉的桌肚，那真是让人每每感叹不虚此行啊。

　　他的课本上，语文、政治、历史，凡是带那种少男少女上半身插画的，很多都被他添加了整蛊下半身，走路的、溜滑板的、骑车的，还有各种配字和对话，常常逗得我大笑。多年之后流行起来的"杜甫很忙"之类，那都是他玩儿剩的。练习册、作文本，甚至是草稿纸，到处都是他随手画的小图案。有一次，看到一张他画的四格漫画，是要放假了回家前收拾东西，很开心之类的意思，不是很精致，看完给我的震撼却非常大：把自己的生活画成小四格，天哪！要不是淦家辉这么干了，我可能永远不会想到，安分守己的我一直以为，那是画家才做的"大事"啊！

　　淦家辉太富有创造力了，玩游戏也要讲原创。

　　他发明了一个"转镜脱衣"游戏，就是两人对坐，一面方镜子，对角直立桌面，转起来后，镜面对着谁，谁就脱一件衣服。淦家辉百战不殆，第一局欧阳脱到只剩一件秋衣，不服，遂跑去翻出每个同学桌肚里没带走的校服，全部套在自己身上，最后，最外面套着一件班上最小个儿的同学的红色马甲，欧阳手都伸不直，形容之猥琐，我们全部人都笑到捶地。

　　还有一次，欧阳学电视里魅惑妖娆的女星，侧肩，眼神迷离，把雪白的肩膀扒拉出来的一个动作，也是笑翻全场。

——欧阳也是一位妙人，淦家辉的百分之一妙。

有次我到得早了，大家还在各自吃晚饭，后来淦家辉来的时候，我明明坐在欧阳座位上，结果他一落座就说，你翻过我桌肚了。我惊："你怎么知道！"他嘿嘿一笑，我设置了机关的，这里两块橡皮，之前是这样这样，现在变成了这样这样啊。

他的日记本都随身带，所以被翻翻桌肚也是满不在乎，似乎从来没有生气过，有次陈洁实在欺负他欺负得过头了，一直打他还是怎么着（记不清了）。他反复说："你再弄我就要生气了。"哎，陈洁还是一直弄，我好心疼啊，他却迟迟不生气。后来我说："怎么感觉你完全不会生气的啊。"他答："不是啊，肯定会生气啊。"然后又聊了两句什么，他好像说了句"放心啦，我不会对你生气的"之类的话，我就又开心了好几天。

有次他把一个本子给我看，好像是分了四个章节，分别叫风、花、雪、月的故事，我用铅笔在本子空白处时而吐槽，时而修改建议，还圈了几个错别字。最后写，你看完就擦掉。过了很久，在他桌肚又翻到那个本子，打开一看，铅笔字全部都还在，心生无限暖意。

有一次，我问他MP3里有没有 *We Will Rock You*。他说："好像有，我找找。"然后没过一会儿，就把耳机递给我，我接过来放进耳朵，就听见耳机里we will rock you, we will rock you。我表面上像没事人一样，其实心里惊呆了，真有啊？还真有啊！茫茫歌海欤！

有天中午，我穿了一件姐姐给的漂亮衣服去学校，还围了粉色的围巾，心里别扭死，感觉自己身上的男人婆气质和小粉红……太不搭了。心里一直祈祷别被淦家辉看见，上楼梯时都是猫着腰的，偏听见陈洁喊了我一声，抬头，就看见陈洁和淦家辉坐在窗边看着我，嘲笑我的粉色围巾……我强打精神，腿脚僵直着走过去，边红着脸边把围巾扯下来，淦家辉却说："为什么拿掉啊，戴着很好看。"

愚人节前一天，我突发奇想要玩一盘大的，挖了好多蚯蚓，买了几张千亿大额冥钞和一大把清明花，在大家都回了寝室的午夜时分，和陈洁一起，从窗户里潜入各个班级，把这些东西分别放进一些同学的桌肚。另外，我还写了两封深情款款的匿名情书，给了我们同级的两位男同学，给他当然不敢的。

第二天，大家不知道是谁恶搞的，但都非常开心，淦家辉却表现平平，淡定地和我说："你放的钱也太少了吧？"我炸了，问："你怎么知道是我？"他笑："这种事我一看就知道是你干的啊。"

淦家辉这个人，其实就是把我当姐姐——会画画，挺有意思的高年级姐姐，平时爱戴有加，在我看来些许暧昧的话，他都是自然吐露，不以为意的。

不知道别人遇没遇到过这种人，相不相信有这种人，我遇到后就相信了。

那时我看上去的确非常地学姐，很少夸他，专门挑他的短板说，画画的线条实在太毛糙啦，文章真是写得不堪入目啦，掰腕子都掰不过我，真是小女生一样纤细没力啦，他每次都像个受气包一样，想反驳又没有办法。

但我一直非常害怕和淦家辉独处，因为太自卑、太紧张了，连他的眼睛都不敢看，幸好机会也不多，一般不是陈洁在，就是大伙都在。这也导致看上去我们玩在一起，其实彼此很生疏。总是分享快乐，没有说过伤心的事，各个方面我都深深地感到离他非常遥远。

有次，欧阳说他们男生在一起讨论了彼此喜欢的女生，那时我才惊讶地知道，淦家辉喜欢一个叫姜威的同班女生。姜威我见过，非常漂亮可爱。

唉，心碎了一把。

后来，又有一次，我在他桌肚翻出了一封信，看完知道，是姜威写给他的，落款叫月儿。信中的意思很明白，他们是两情相悦的。

唉，又心碎了一把。

慢慢地，我就奉劝自己离他远一点，不要喜欢他了，因为真的很傻啊，人家随口一句暧昧的话就养活你好几天，不能自已地每天想他。真的好傻啊。

后来，我上了高中，就与他失去联系了，对他的喜欢却不仅没有退去，反而安安静静地生长起来，接受了自己喜欢他，或者说，完全喜欢自己喜欢他了，遇到的人越多，他在我心目中就越特别，越高尚，越有光芒，和别的人，所有人，都不一样。他是所有我喜欢过的男孩子里面，最值得被喜欢的一个。这样平凡无奇的一个我，能认识他，和他聊天，受他启蒙，实在是非常幸运。

虽说丝毫没有想过要让他知道我喜欢他，更不敢奢望在一起，但习惯了在日记中与他说话。考试失利的夜晚，蹲在漆黑的球场角落和他哭诉。还有一次午夜梦回初中，一群熟悉的脸在我面前排着队，气氛上梦的主题好像是我在选亲，眼睁睁地看着曾伟、欧阳、赵钱孙李都来了，就是望来望去，望不到淦家辉，最后终于按捺不住，站起来拨开人群，女王般扯着曾伟领子，着急地问："淦家辉呢？淦家辉怎么没有来？"

他把喜欢他的女孩子们形容为"那些花儿"，我作为花儿的一朵，喜欢把他形容为太阳，他的一切都那么优秀，那之后的很多年，我都向阳生长，慢慢地，也变得越来越富有创造力，越来越幽默，越来越追求自由。直到今天，这个看上去里外翻新过的我，其实都是生发自他。

现在遇见十来岁的女孩子，我总像怪阿姨一样爱问一句："你有没有喜欢的男生啊？"或问十来岁的男孩子："你有没有喜欢的女生啊？"每当此时，心里都想着我们灰蒙蒙的小镇上，那个闪亮亮的男孩子，那时的他，也才十四岁啊。

胸中万千惊奇。

人生真是，庆幸有你。

1987
我遇见你

一

1987年，我九岁。从小城一角搬家到另一角，在三年级第二学期，我成了转学生。

2月13日，新学校寒假开学的第一天，我遇见你。

你扎着粗大的马尾辫，瓜子脸，算不得白皙的皮肤。两只大眼睛上有扇子一样的睫毛，忽闪忽闪。你笑着，露出虎牙，然后问后座的我："你到底是男孩还是女孩？"

你绝不是第一个这样问我的人。所以我也学着你的笑，装作随便说说："你是女的，我就是女的；你是男的，我就是男的。"

你生气了。哼了一声，转过身，不再理我。

二

大人都说，八九岁的男孩子讨厌得连狗都嫌。你一定也觉得，九岁的我，让你看见前面就讨厌后面，看见左边就讨厌右边。

和无数无聊的学生一样，你的长发是我课堂上最好的玩具。半趴在课桌上，伸出手指，轻轻勾过几根发丝，用不太灵活的手指头编出小小几缕麻花辫，又或是打上熟练的水手结。发现开叉的发尾，小心翼翼挑出来，又从文具盒里摸出小剪刀，咔嚓咔嚓，一根根地剪。然后，你的背慢慢挺直，微微侧身，用老师听不见的细声呵斥我："你别剪我头发！""我替你修修。"我总是这样回答你。

我用心地把修剪下来的开叉发尾，一根根沿着课桌边缘摆好，等着下课给你看。"这是我这节课替你找到的，一共是六根。一根头发一根绿豆冰棍，你欠我的。"你的大眼睛翻出漂亮的白眼："那你多剪的呢！你该倒找我钱吧！"

"我只剪了开叉的！才没多剪。"我又推推同桌的阿斌，"是吧！"阿斌一边睁大眼，说起白话："没错！只剪了开叉的。"又一边把脚往回缩缩。多剪的头发早被我用鞋子拢到一块，推到阿斌那边，被他牢牢踩在脚下。

你用怀疑的视线扫射我和阿斌，突突突，把我俩打成筛子。"我妈说这几个月我头发都没长，都是你们剪的！再剪我就告老师了！"

你才不会去告诉老师。后来，你的头发一直都那么长。

一年后，你用全班前三名的成绩，坐上让人啧啧称赞的学习委员的宝座。我凭借一分钟一百个仰卧起坐，又用倒肘打翻高我一个头的男同学的光荣事迹，成了丢人现眼的体育委员。

三

一直到六年级，你和我都是前后桌。每天放学，我们都手拉手一路走。我送你到你家楼下，眼看着你上了楼，我才慢悠悠地晃着书包回家。

星期天，我找个理由逃出家门，走上二十分钟，走到你家楼下，大声叫你的名字。有时候你会在家，探出半个身子回答我，让我上楼。我和你肩并肩坐在你的小床上，玩玩具、做游戏、看书、聊天。你说，最近数学老师出的试卷都好难，差点没能拿满分；我说，隔壁班的小岚老是踢足球的时候撞我们的人。你说，新出的作文选刊还没买到手；我说，舅舅书架上的武侠小说我已经都看完啦。你说，粉红色的裙子带圆点的更好看，下次生日的时候还是买那种吧；我说，上次爬教学楼楼顶的铁栏杆把裤脚撕了个口差点被老妈打。你说，暑假让老妈带着你去桂林旅行；我说，长大了我带你去澳大利亚吧，那里有考拉，还有袋鼠，我们买一块地建一个农场，我和你，每天可以坐在大树下的秋千上看夕阳。

有时候，你不在家，我就再慢慢走二十分钟，回家去。

填报中学志愿的时候，你问我要考哪个中学。我满不在乎地随口说出家门口不远的中学。以体育文艺生擅长，打架号称在市里属于Top3。你恨铁不成钢地望着我，认真对我宣布，你报考了市里最好的初中。

"哦。"我说，"我考不上的。"我接着说，"你肯定可以。"

你生气了，哼了一声，转身走了。

于是我想在毕业前，带你去我的秘密基地看一眼。其实也不是什么很秘密的地方，是教学楼的楼顶。

我开始等待一个时机。这个时机需要三个必要因素：一、那天正好是我和你值日；二、那天正好你穿了裤子；三、那天有很美的火烧云。

是的。我想带你去看火烧云。从顶楼的铁梯，爬上教学楼的屋顶，望向小城的西方，夏日夕阳下漂亮的五彩火烧云，是十二岁的我眼里最美丽的风景。

我没想到的是，我的小小心愿，却让你不得不面对一次丑陋的兽行。

那天，我记得很清楚，是一个周四。下了课，我和你打扫完教室，特地等到教学楼里其他同学都回家。我拉着你的手，出了教室的门，面对面，走廊的那一头走过来一个人。

我认得他。他就住在学校大门对面的冰棒厂里。每天我都能看到他在学校大门口笑眯眯地看着我们上学、放学。

他一边环视四周，一边慢慢朝我和你走过来。整个楼层，只有我和你。

他伸手松开腰间的皮带。我停住脚步，拦在你面前。他的手伸向裤子里，掏出一个东西。我转身拉着你跑进教室。

我和你是如此幸运。平日的习惯让我们已经锁上了教室的前门。

我和你的背紧紧贴住教室的后门，蹲坐在地上。你抱着头，我抱着你。"对不起，对不起。"我听见自己对你说。你紧紧握着我的手。

四

初中。你和我，在同一所初中。

分班考试的时候，监考老师走到我身边，一脸和善地说："这位少年，看你骨骼清奇，也是练过的，不如跟着我混吧。"我露齿一笑："老师，我教练说了，我爆发力不行，估计短跑跑不快的。"望着老师怏怏而去，你也笑得露出虎牙。

你对我说，上了初中，不要做体育生了，没有前途的，还是乖乖读书吧。你对我说，上了初中，要把头发留起来，不要再像个男孩子，就可以穿裙子了。你对我说，上了初中，不要再做体育委员了，女孩子做体育委员太不像样，做个文艺委员、数学课代表吧。

我说："哦。"

你在我隔壁隔壁的班级。你还是学习委员。我不太开心，因为和你不是一个班。又有点开心，因为我和你的班级在同一个楼层，中间就隔了一间教室。

然后，你有了新朋友、新同学，每次下课，要不就站在走廊里，要不就坐在教室里，和她们说笑聊天。我有意无意地路过好几次，你都没发现我。我不再和你一起回家。

和另一个女生一起做了语文课代表。她也是长长的头发，比你的还长，大大的眼睛，却是圆圆的脸。她对我说："既然你每天骑单车上学，不如送我回家吧，我家就住在学校后面。"

我说："哦。"

终于有一天你在走廊上拦住我，又问我是不是每天和她一起回家。我说："是啊，要不要一起。"你看了我一眼，说："不用。"你这一次没有哼，却还是转身走了。

等到星期天，我骑着车走到你家楼下，大声喊着你的名字。你妈妈探出身来，让我上楼，又问我为什么好久不来家里玩。我对你眨眨眼，说作业太多。你从沙发上站起来，转身回自己的房间。我跟过去，你的小床上铺了满床的作文书。你说："身为一个语文课代表，作文写得那么烂，好意思不？"

我说："哦。"

五

高中。你和我在同一个高中。隔壁班。

所有人都知道，你和我是好朋友。

恶意的语文老师追赶时髦地举行班级间的辩论大赛。你参加。我也参加。你和我，躺在我的小床上，周末研究了整整两天的辩论技巧。引经据典，旁征博引，妙语连珠，宛若新时代的兵法三十六计，你如此驾轻就熟。

所以面对着你，扎上高高马尾辫，白衬衣黑裤子，一本正经问我"正方辩手，你还有什么话说"的你，我只能说："哦。"

辩论赛，我理所当然地输了。可是你，居然把这件事写到作文里。作文的题目还是"记一个重要的人"。

恶意的语文老师果然在我们班的语文课上当众读了你的作文，又对我说："我教了这么多年书，还是第一次遇到有两篇作文写到同一个人，就是你。"

另一个在作文里写到我的人，是她。初中和我一起做语文课代表的她。她也成为我的高中同学，在另一个班。

六

高三。你和我终于又同班了！理科重点班，前后桌！

你苦着脸对我说，不会做物理和数学。我认真地教你，可是我真的不是一个好老师。于是有人自告奋勇替代我的工作。当然是男同学。呵呵。

我又开始看小说，还有漫画。

高三的最后一个学期，你皱着眉算重力加速度、摩擦力角度。你咬着笔算空间平行线、平面角度。我坐在你身后看完古龙、金庸、温瑞安，看完《橙路》《灌篮高手》《D·N·A^2》（日本漫画）。

高考前半个月，你开始担心。我说："要不，你吃吃药吧。"你摇摇头拒绝。高考第二天，望着脸色煞白的你，我的心咯噔一下好难受。

成绩出来了。你笑着恭喜我，露出虎牙。我说："哦。"

你比我整整少了一百分。

七

你去了雾都，我留在家乡。我听说你参加了大学的弦乐团，你一定很开心吧，你一向喜欢唱歌，我喜欢听你唱歌。

每年我可以和你相聚两次，一次是暑假，一次是寒假。我按时回家，然后立刻给你家打电话，问你什么时候回来。整个假期我们都和狐朋狗友聚在一起吃喝玩乐。

我有了男朋友。你还没有。

然后，你比我先毕业，也有了男朋友。

你带着他来学校找我。我说："为什么你的他和我的他看起来那么像啊？"

你哈哈大笑，说："看起来真的很像啊。"

身高、体形、长相，除了发型。

八

你开始考托福。我问你，为什么！你却说："不是你从小就说，带我去澳大利亚吗？我等了那么多年，你也没带我去啊，那我只能自己去咯。"

你没去澳大利亚，你去了英国。一去就是两年。

我和我的他，早已分了手。你和你的他，还在纠缠。

我说："分手吧，你和他不是一路人。"

你说："我舍不得！"

第二章

三千度
的
火焰

只有相爱，才能感觉到存在。

文——雏田

追地铁的
女孩

昨晚我在朋友圈看到她发的小视频，点开，看到她手里拿着烟花棒，绕着场地旋转，金色的烟花在围着身子散开，夜色太暗，透过路灯的光可以看到熄灭的火芯拖带着一股烟。她笑起来的样子真的很可爱，镜头拉近，视频里只剩下她满是笑意的眼睛。"你开心不？哈哈！"开心啊，我冲着手机暗自默念。

现在想想，我们已经认识好几年了。

我们是一个系的，她长相出众，总是穿着素色的衬衫，栗色的头发末端烫着卷挂在肩上。平时总背着红色的双肩包。我俩关系一直很不错。

　　我一直知道她有个男朋友。有时候周末想要约她逛街或者什么，她总是回复我说他男朋友从长春过来了，或者她又去了。从北京到长春，要八个小时的火车，她几乎每隔两周就要去一次。我不知道她是怎样坚持着，打了什么样的鸡血，可以往返数千公里过周末。能解释的也许就是荷尔蒙的欢愉吧。

　　如此往返，几乎一年。那时她生活的重心就只有她的男朋友。就连我们一起在团委开会的时候，她也会把电话开成免提，放在会议桌的抽屉里。他们分享着生活的一切，就像彼此就在彼此的身边。我从没有见过这样的情侣。

　　她说："老齐虽然远，但是他什么都知道。哈哈，我们系里活动的策划他都能讲出来！"

　　"我要等老齐下课，今天我俩都吃鸡排饭。"

　　"老齐今天约我看电影，我等他一起看4点半那场，不过我俩不是一部片子。"

　　"我等老齐……"

　　"老齐……"

　　她总是老齐老齐地挂在嘴上，一脸幸福。

　　直到次年的四月她告诉我终于等来了老齐。他们最近在我们学校附近租了房子，老齐准备以后陪读了。再叫我的时候，已经是房子租好，让我们去吃暖房饭。那是我第一次见到她口中的老齐。

　　小区的人行道上种着大片的非洲菊和鸢尾花。非洲菊仰着头盛开着，淡粉色和深粉色的花相互交错。花池边上合欢树和橡树列在两旁，合欢的叶子晃动着，深呼吸都有淡淡的腥气味。他们住在别墅区旁边的一栋单身公寓里。

饭席间，他俩挨着坐，老齐招呼我们吃菜，他很健谈，浓眉大眼，笑起来就像是弥勒佛，样子是很招长辈喜欢的那种男孩子。那天早早地就结束了饭局。下楼的时候他俩拉着手送我出门，我走出两三米回头看他们。她懒洋洋地靠在他肩上，笑着挥手说，有空过来玩！看他们就像已经结婚的小夫妻。当时陷入感情混乱期的我，心里除了羡慕还是羡慕。

那年夏天北京出奇地热。走在马路上都会看到路面的热浪蒸腾。电视的新闻一直报道把一颗鸡蛋打在马路的沥青地面上几分钟可以煎熟的新闻。寝室因为没有空调，我们朝阳的屋子白天被太阳照射一天之后，晚上简直像缺氧的蒸笼。

她开始邀请我去她家避暑。有时候早上我从食堂带着给她和老齐买的早餐，搭那班可以直接到她家小区门口的公交车去蹭空调。其间有一次，我们中午一起开车去吃饭，席间喝了酒。回来以后太困，特想睡觉，屋子里只有一张床，我准备起身回寝室。但是老齐把床垫抬到了地上，说："你和我媳妇搂着睡吧，我睡地上！"

她和我说："老齐说再等我一年，我一毕业我俩就结婚。我从来不翻老齐手机，我信我家老齐，他说啥就是啥，哈哈！"她就是剧情里常出现的那种姑娘，她的爱情爱得死心塌地，毫不掩饰，从不怀疑。从不用过多地考虑什么，她永远相信有个人无论如何都不会离开不会欺骗不会再见。

在毕业前，发生了一件趣事，早上我还没起床，她给我打电话，要我过去。进门我看到床垫在地上铺着，上面散着被子还有枕头。

没等我问，老齐就解释道："我媳妇把床跪塌了！哈哈哈哈。"

我朝床望去，看到床尾的位置折了一个大口子。床板已经凹陷下去，因为折得不均匀，木板的倒刺挺在上面。

"这样的床我看着总觉得不像是跪塌的，"我说，"你们是不是晚上做坏事，动作太大啊？"

老齐一脸真诚地说："不是，就是跪坏的！你说我们三个都一起睡过觉了，我还能骗你？！"她白了老齐一眼说："你说清楚啊，谁和你睡过觉，别污蔑人家清白！"

因为房子要到期了，我们研究了一下，决定去买一张三合板，钉在床面上，这样房东那边就好交差了。中午吃过饭，一起开车去建材城。挑选木板的时候，我总想着可以砍砍价，我和她走了好多家问价钱。

老齐一开始不明白用意，站在店口，朝着我们喊："板子都不能用吗？别太厚啊，太厚钉不进去！"

当知道我们在问价的时候，他说："这么热的天气，人家还要开蹦蹦给我们送回去，赚的都是辛苦钱。差不多就得了，你总得让人家赚个冰棍钱啊。"

想想也觉得有道理。我们选了一家，量好尺寸裁板子的时候，木屑飞溅，她躲在老齐身后，笑着说："我老公不但可以防晒还可以防镖，好用！"

下午匆忙赶回家，修好床，他们开始一起整理东西。我在椅子上喝水，听着他们讨论，锅拉回谁家，碗要不要带。他们就像是小夫妻要搬新房，计划着整理着屋子里的每一件小物件。

"你看，这是老齐在大悦城给我买的蒙奇奇！我有两只。"

"这是我俩那次一起在操场三国杀赢的管理系同学的早餐券。"

"还有这个盒子，是我俩去年往返北京与长春的火车票。"

……

她一边清点，一边发出小孩子的惊喜叫声。老齐在旁边不说话，一个劲地往箱子里扔。

"你快点的吧，我帮你约了这些在学校的朋友吃饭，别在这回忆童年了。"

老齐什么都能想到。他认识她在学校的每一个朋友。陪读这一年，他和我们一起吃遍了学校周围的大小饭馆和路边烧烤摊。我一直有种幻觉，以为他们已经结婚了，他俩就是上天早就分配好的一对模范夫妻。

有一次我去她家玩，那是一个稍微有点靠海的小城市。她妈妈那天热情地招呼我说："听说你们关系一直很好，你这几天住在小齐房间吧。"我顿了一下。原来他妈妈早就已经认可了这个男孩子，家里有了专门为老齐准备的房间。饭席间，我打趣地问道："阿姨你准备什么时候让他们结婚？"

"看他俩的吧，他们自己的事情自己计划，我们到时候就是配合。"

她笑着搭话说："妈，我不想嫁，我舍不得你。"我知道他们结婚的事，应该很快就能提上日程了。之后我转脚去了云南，在火车上我看到她和老齐在海边拍的照片，两个人笑得很好看。他俩看起来就像兄妹俩，长得太像了。这可能就是大家一直说的夫妻相吧。

"我和老齐以后要生个男孩，长得要比老齐还帅！"照片上附带着这句话。

当年十月，我已经回到家乡的医院上班，我们联系越来越少。每次通话，她都会说她和老齐又一起怎样了。那天通话是一个中午，我刚下手术，躲在会议室里，和带我的老师一起吃午饭，她来电话说："我和老齐订婚了。"

虽然他们在一起已经很久了，但是她说起订婚这件事的时候，透过电话我都能听到掩饰不住的喜悦感。

"恭喜恭喜，啥时候结婚啊，我得算着日子请假。"

"明年吧，具体日子商量了给你说。"

因为下午要工作，我们聊了几句就挂了。之后她发了朋友圈，奔走相告，告诉大学的朋友，他们终于要结婚了。掩饰不住的喜悦和自豪。我们聊起来的时候也是感慨他们的爱情。一个月之后的某个晚上，我收拾完准备睡的时候，手机响了，我看到是她。

"说话，咋了？"我开着免提，一边擦脸一边问。

"……"对面没有声音。

"你不说我挂了。大半夜你吓人啊。"

"……"还是没有声，就在我想是不是她按错了或者怎样，准备挂的时候，"老齐出轨了。"

我还在想一定是真心话大冒险输了故意这么说。

我假装淡定："那你就分手呗，找个更好的。"

"老齐说了等我的。"电话那头哇的一声，痛哭流涕。

我意识到，这一切可能真的是发生了。

第二天一早，我坐第一班火车赶往她所在的城市，我想知道是不是有什么误会，我想要知道这一切都不是真的。我想要知道她是骗我的，也许只是想吓我一跳或者怎样。

我下了火车，打车到她家，她眼圈红着，正收拾着老齐送给她的东西。

"你随便坐，我在整理东西。"

我跟着她进了她家里给老齐留的房间，只见她已经把老齐的衣服整整齐齐地叠好，老齐送她的东西，也都依次摆在桌上。

"是不是误会了，你别冲动，冷静一下再说。"

"没有误会，我打过电话了，一会儿他开车来拿走他的东西。"她小声地回答我。我没有再继续问下去。为了避免尴尬，老齐到的时候我躲在厕所。

"我的衣服我拿走，这些就在这儿吧。"

"不要，都带走，一件别留。""你要不要？你不要，我今天就都在你面前砸烂！""这是咱俩一起做的陶瓷。"他们在客厅僵持着，忽然啪的一声，大概是一个陶瓷罐碎了。

啪的又一声，这次大概也是一个瓶子或者什么。老齐赶忙喊停，说："我搬，别扔了。"

一阵叮叮当当，所有零零碎碎的物件都被搬下了楼。她也跟着一起下楼，我出了卫生间，看到客厅地上散落着摔碎的罐子还有一些纸盒子。

是的，他们就这样分手了。五年的感情，他们熬过了高考，熬过了大学的异地恋，熬过了同居最开始的磨合，熬过了来自父母的考验，熬过了身边所有好聚好散的情侣。

他们却没有熬过最后的一纸约定。

"为什么？我从来不看他的手机，我信他信到什么都不想。我们在一起五年，我从来没有不放心过他，他去和朋友喝酒，他在学校在家，说什么我都信。我还让我爸妈信他。我让全世界认识我的人都信他！我信我们可以结婚，我信我们马上就可以有自己的家，我信他，我什么都信他！"送走老齐，她蹲在地上收拾摔碎的罐子，一边擦眼泪一边捡碎片。眼泪越来越多，她直接瘫坐在地上号啕大哭。

我不知道该如何劝说，本想着给老齐打个电话问问清楚，可是几次看着电话号码我都没有拨出去，我不知道该问些什么。晚饭的时候，她妈妈说："孩子们的事自己决定吧，觉得可以原谅就原谅，觉得不能原谅就分手。毕竟你们都还年轻，犯点错都有机会纠正。"

几天后，在我还对他俩的事情抱有希望觉得可能会和好的时候，再次从她口中得知，老齐已经出轨半年有余，并不是我那日理解的一夜情。分手退婚成为定局。

他们俩都没有给我解释原因。也许老齐自始至终都没有想过分手。也许在一起久了，平淡的日子就真的会让老齐觉得无聊。但不管什么原因，都已经是覆水难收。爱情最好的时候都是在一开始发生的时候。后续的过程总是一个不断削减的过程，即便最后愿意走向婚姻，也无法避免过程中出现的种种意外。这种事情上有的人选择原谅继续生活，而有的人可能就此了结了前缘。

分手当月她瘦了二十斤。情绪上自始至终都还算冷静。也许最难挨的日子她都是自己悄悄躲在家里淌着眼泪熬过来的。

四个月之后，老齐结婚了。新娘并不是当时出轨时的第三者。

去年她家里给她介绍了一个医生，冬天的时候她也结婚了。去参加她的婚礼，新郎长得比老齐还高，瘦瘦的，看起来也很稳妥。他们站在教堂的颂诗台上，彼此交换戒指。我觉得姑娘此刻是幸福的，眼圈红红的但是笑得特别好看。

有些东西经历了就无法隐藏，不管是五年还是更久。年少的爱情很大一部分意义就在于彼此一起经历过某一段时光。可能冥冥之中，每个人自有自的缘分归处。

前段时间她微信我说，老齐的宝宝出生了，是个男孩。

敲完这段文字，我回想起她和我说起的一件小事。

有年暑假，她和老齐在北京上雅思课，放学老齐在她上车的下一站等她。电话里她和老齐说，她在车头的第一个车厢。车到了老齐所在的站，她盯着门口看，直到车门关上也没有看到老齐上车。打电话问，老齐说搞错了位置站在了车尾。

那是下班的高峰点，来不及多想。车到一站她就飞奔几个车厢，然后上车，她说第一次知道地铁这么长。连跑四站过后她终于赶到了车尾的最后一个车厢。挤上车人挨人，她还是看不到老齐。

"一起下车再会合就好了，干吗要跑？"

"傻呗。七站地的地铁跟着跑了四站，最后还是没见到人。"

"老齐人呢？"

"他因为给一个姑娘指路，错乘了晚一班的地铁。"

文 —— 向暖

我长成一株木棉，你却爱上了凌霄花

十年，为了有一天与你比肩而立，我努力长成一株木棉。

十年，当我真的以树的形象跟你站在一起时，你却选择了凌霄花。

一

高中同学毕业十年聚会，张云腾早早就到了酒店，他来的时候聚会发起人也是这家酒店的经理李青山，已经忙活了老半天，上学时班里最胖最憨的程实也在一边帮忙，张云腾不善动手，就开始找人聊天，他发现芸果和萱萱来得也早就凑了过去。

张云腾一见芸果马上想起了什么："嘿，芸果，猜我最近和谁合作呢？你前男友井棋。那家伙现在生意做得还挺好，都有自己的公司啦。当年你们是为什么分手来着？"

芸果脸色一冷，没搭话。

芸果的好友萱萱说："张云腾，你能不能别哪壶不开提哪壶呀。"张云腾这人上学那会儿就是个大嘴巴，说话云山雾罩的，十年过去了，一开口还跟当年一样。

萱萱知道，在芸果面前提不得井棋，才急忙把话拦住，张云腾也还算知趣，立刻换了别的话题。

从进门张云腾提到井棋，到大家悉数到齐落座边吃边聊，芸果一直都有些情绪低落，萱萱知道，她大约是想起了和井棋有关的往事。分手这么久，对于井棋，她还是有些放不下。萱萱就低声跟芸果说："高兴点儿，别想不开心的，你看，咱们这么多女生里边，论工作业绩，哪个比得上你。"

是，芸果如今算是事业有成，年纪轻轻就做到公司中层，收入蛮高的。可是这又怎么样呢，除了工作，她还有什么值得自豪的呢？而且，这份自豪的背后，有几个人知道，她默默咽下了多少汗水和泪水。

其实张云腾刚刚提到的井棋，芸果在这场聚会前不久遇到过他，当时她一个人在商场里晃荡，迎面就看到他走过来，臂弯里还吊着一个小姑娘的胳膊，那姑娘也就二十出头，水灵灵白嫩嫩的，皮肤像他们以前都爱吃的嫩豆腐。

二

芸果认识井棋的时候十八岁。

那天她从她妈妈的美发厅出来，坐在路边掉眼泪。就为了班里组织的春游要交几十块钱费用，她被她妈劈头盖脸数落了一顿："春游？高三了还搞什么春游？你妈我辛辛苦苦给人理发才赚几个钱，你天天跟讨债鬼似的要要要。"当时她妈正给一个中年男人吹头发，那个男人说："理发挣钱也不少呀，干吗为了几十块钱为难孩子，高三也需要放松一下嘛。"她妈哼了一声："您看，我就开这么个小门脸，能挣几个钱，现在这条街上美容美发的店面不下五家，生意不好干呀。家里还有这么个讨债鬼，你说我闹心不闹心呀。"

钱没要到还遭了一顿数落，芸果从美发厅出来就哭了。她正哭的时候有个人忽然站在她面前，问了一句："哭什么呢？"她抬头，看到一个高大的男孩，黑黝黝的脸膛，嘴上微微有层小胡茬，看样子跟她年纪相仿。

"没什么。"芸果不想对陌生人说心事。

"说说嘛，或许我能帮你呢。"他说。

芸果鬼使神差地把要不到钱的事儿说了出来，她一直都是戒备心很强的人，不晓得为什么对一个陌生的男生这么信任。

男孩听完，问了句："多少钱？"

"五十。"芸果说。

男孩从口袋里掏出五十块钱递给她。芸果一愣："我怎么能用你的钱？"

男孩笑了："我以前见过你，你也住这条街上吧，我刚搬过来的，以后我们就是邻居了。这钱是借你的，拿着吧。"

芸果在他的笑容里把钱接了过来，说："我会尽快还你的。对了，我叫郑芸果，你叫什么名字？"

"我叫井棋。"男孩说。

后来芸果知道井棋在附近的另一所高中上学，也读高三。他家搬过来，是因为他爸在这条街上开了家叫豆花香的小店。那家店门脸比芸果妈的美发厅大不了多少，卖豆腐、豆浆、豆腐脑儿。

那五十块钱，芸果她妈当天晚上回家就边数叨边丢给了她，芸果还给井棋的时候，他才笑着说，那钱其实是他爸让他交给送豆子的大叔的，他给了芸果，也让他爸数叨了一顿。

芸果和井棋很快熟悉起来，在高三忙得昏天黑地的间隙，两个人还经常抽空见见面聊聊天。井棋是个开朗的人，不像芸果，总爱莫名其妙地焦虑和忧愁。

井棋的父母开豆腐店，也不是什么富裕人家，但是一家人很融洽、很开心，不像芸果家，开美发厅的妈妈总是抱怨芸果爸爸没本事，抱怨芸果是个讨债鬼，让家里笼罩着一股阴沉沉的气氛。芸果郁闷的时候，格外喜欢跟井棋在一起，也喜欢去井棋家里，帮他妈妈拣拣豆子，看他们一家人边忙碌边开玩笑。井棋的父母都是热情的人，有时候招呼芸果喝豆浆，还会让芸果吃鲜豆腐，鲜豆腐搁上香油、酱油一拌，味道好得很。井棋也喜欢吃鲜豆腐，他妈妈常开玩笑说，井棋吃了这么多年白嫩嫩的豆腐，脸还是黑乎乎的，看芸果，那脸蛋儿溜光水滑的，比豆腐还嫩。

其实芸果喜欢井棋的肤色，她觉得男孩子就应该黝黑结实，才有男子汉气魄。

三

高中毕业后，芸果和井棋考取了同一所大学。开学之前，芸果妈对欢天喜地的女儿说："我警告你，在学校别跟井棋那小子腻腻乎乎的，保持点距离，他家就开那么个小豆腐房，赚不了几个钱，你将来要是嫁了他，能有好日子过吗？"

芸果嘴里说："妈，你想到哪儿去了。"心里却完全不在意妈妈的话，她即将离开这个让人郁闷的家，跟井棋一起奔赴远方的城市，这是多么让人开心的事，反正以后天高皇帝远的，她妈再也不能左右她了。

芸果和井棋真正开始谈恋爱，始于大学，两个人的感情自然而然水到渠成。井棋是个很会关心照顾女孩子的人，对芸果呵护有加，他自己也很努力，功课上不放松，参加社会实践也很积极。从小生活在妈妈指责声中的芸果，被一个男孩子捧着宠着，而且还是一个这么上进的男孩，她觉得自己真的是很幸福，所以她也就小鸟依人，事事依赖着井棋。

芸果记得，上大学那会儿她和井棋曾经参加过学校组织的一场朗诵会，一起朗诵舒婷的《致橡树》，那天他们朗诵得动情，配合得默契，还拿了奖。

我如果爱你——绝不像攀援的凌霄花，借你的高枝炫耀自己；我如果爱你——绝不学痴情的鸟儿，为绿荫重复单调的歌曲；也不止像泉源，常年送来清凉的慰藉；也不止像险峰，增加你的高度，衬托你的威仪。甚至日光。甚至春雨。不，这些都还不够！我必须是你近旁的一株木棉，作为树的形象和你站在一起。根，紧握在地下，叶，相触在云里。每一阵风过，我们都互相致意……

那天他们参加完比赛一起出去吃饭，芸果说："井棋，我怎么觉得，我像是你身边的凌霄花呢，我一点儿都不像木棉。"

井棋笑着揉揉她的头发："不管你是木棉还是凌霄花，我都喜欢你。"

四

他们读大四的那一年，井棋的爸爸忽然得了重病，豆腐店开不下去了，井棋心急如焚，借着实习的工夫回去照顾父亲。后来大学一毕业，他马上回了家乡，放弃了跟芸果一起考研的计划，芸果也毅然决然地放弃了考研，跟井棋一起回了家乡。

芸果找了份还算是稳定的工作，就是工资少点，井棋却因为父亲的病情错过了找工作的时机，没有找到合适的工作。他赋闲在家，一边照顾父亲，一边帮着母亲重新把豆腐店开起来，芸果只要有时间就过去帮忙。

芸果妈又开始数叨芸果："你听着，赶紧跟那个井棋分开啊，他连个工作也没有，还有个生病的爹，你打算以后跟他一起喝西北风呀。"芸果却依然故我，为这事儿没少跟妈妈闹别扭。

芸果和井棋大学毕业的第二年，井棋父亲的病依然时好时坏，好在豆腐店还能维持得下去，井棋也在本市一家大型餐饮公司找到了一份工作。他工作很拼，还要照顾家，从来没有时间陪芸果看一场电影，去外面吃一次饭。可是芸果不在乎，她依然死心塌地跟井棋在一起。

可是，芸果的妈妈忽然病了。那天她给客人理着发，吹风机忽然掉到了地上，手腕一点力气也没有，去医院一查，格林巴利综合征。

美发厅关了张，芸果妈在医院不吃不喝，整个人瘦得脱了形。芸果劝她，她不说话，也不吃东西，芸果宁愿妈妈像当年一样骂骂自己，可是无论她怎样做妈妈都不开口。

几天之后，芸果急得不知如何是好："妈，您倒是说说话，您让我怎么办呀。"

她妈终于说了一句话："果儿，跟井棋分手吧，你们俩一人拖着一个有病人的家，日子怎么过呀。"

那天晚上，井棋到医院来看望芸果妈妈，居然也说了同样的话。

芸果在母亲出院后就辞了职，找了份辛苦却赚钱多的工作。她对她最好的朋友萱萱说："如果我能赚到更多的钱，如果我早就是一株木棉，我和井棋就不会走到今天这一步。我要赚很多钱，我再也不想让我的爱情被现实逼得走投无路。"

五

芸果和井棋分手不久，井棋的爸爸去世了，井棋也投入了疯狂工作中，后来他凭借经营豆腐店和在餐饮业迅速积累起来的经验，开了自己的餐饮公司，经过一段艰难期之后，听说现在运营不错。

芸果也做到了一家大公司的中层，月收入在老同学中遥遥领先。

那天芸果一个人去逛商场，想买几套衣服，却遇到了井棋。

虽然一直生活在一个城市，虽然互相还能听到对方的消息，可是自从井棋家搬走之后，他们遇到的机会并不多。

两个人隔着几步远都站定，一时也不晓得说什么好。挽着井棋的姑娘开口道："井棋，这是？"

"啊，这是我……老同学。"井棋说。

芸果走上前去："老同学，你好！"

然后，两人一时无语。

井棋后来没话找话："你来买衣服呀？"

"对。你这是陪女朋友来买衣服吧？"

"是。"

两个人干巴巴对话的时候，井棋小女朋友的目光被附近的一个货柜吸引，对井棋说："你跟老同学聊几句吧，我去看看那家的衣服。"

小女朋友走开了，芸果说："看你女朋友年龄不大。"

"嗯，"井棋说，"我们公司刚入职的小姑娘。有一天遇到一个难事儿，委屈地哭了，楚楚可怜的，后来我劝了她几句，她才破涕为笑。后来也不晓得怎么，她就成了我的女朋友。她很依赖我。"

"你还是像以前一样同情心泛滥。"芸果说。

"是，我看不得女孩子哭。"井棋说。

"听说你现在有自己的公司了。"芸果说。

"听说你在现在的公司业绩很不错。"井棋说。

两个人感觉又无话可说的时候，井棋的小女朋友跑回来："井棋，我看中了一件衣服。"

井棋看了芸果一眼，芸果说："赶紧带她去买吧。"

"那我们先走了。"

"再见。"

"再见。"

六

同学聚会结束后的那个晚上，芸果做了一个梦，梦中她和井棋站在舞台中央，一起朗诵那首《致橡树》。

你有你的铜枝铁干，像刀，像剑，也像戟，我有我的红硕花朵，像沉重的叹息，又像英勇的火炬，我们分担寒潮、风雷、霹雳；我们共享雾霭流岚、虹霓，仿佛永远分离，却又终身相依……

第二天早上起来，她给萱萱打电话："萱萱，你觉得我现在算是一株木棉吗？"

萱萱被她没头没脑的话说得一愣："什么木棉？"

芸果继续说："我一直想做井棋身边的一株木棉，可我真的成了木棉，我们却错过了。"

萱萱还是没怎么听明白，问："那你后悔成为木棉吗？"

芸果说："没什么可后悔的，是生活推着我们走到这一步。或许井棋一直就需要一枝凌霄花，而我，该找一棵别的橡树。"

萱萱好像有点明白了，说道："果儿，井棋已经是过去式了，放下吧。你是一株多好的木棉呀，肯定能找到与你比肩的橡树。"

我用了十年的时间，努力长成一株木棉，却与橡树走散。

未来的路上，你爱你的凌霄花，我继续寻找我的橡树，愿时光，让我们各得其所。

三千度
的
火焰

　　和眉儿的相识大概可以追溯到四年以前，究竟为什么要花去一些时间想诸如此类的事情？

　　苦苦思索，觉得确是有必要的。我认为，在我和眉儿的感情中似乎出现了一些莫可名状的东西，确切地说，应该是一种感觉，这种感觉是在不经意间失去什么，然后，在某一天猛然发觉了，油然而生的一种非常复杂的情绪：失落、沮丧、忧伤、苦闷、迷茫……不一而足。

　　于是，便觉得应更快地找出问题的关键，这对于我来说也是举足轻重的事情。问题的答案会直接影响到我的生活，与对另一些问题的判断或做出的决定。所以，我从头至尾地回想曾经的生活细节，期望可以发现点什么。总之，一段时期内，我把所有希望都寄托于这上面了。

我和眉儿是在大学里认识的，我们同属于一个系，由于一次学校活动，使素昧平生的我们相识。和大多数情侣一样，基于共同的爱好之上，我们逐渐对对方生出爱慕之情，久而久之，便开始恋爱。我们小心而又十分陶醉地相处着，一切仿佛都在意料之中，平淡而自然；我们循规蹈矩地学习、生活、恋爱，并且乐此不疲。我们对于未来，都充满着美好的憧憬，沉浸于甜美、安静的生活中。这样，大学生活转瞬即逝。之后的日子，仍然过得平淡无奇。我们都有了各自的工作，勤勤恳恳，工资尚可维持生计，虽然少了大学里的平静，但却多了些别的乐趣。于是，依然生活得相安无事。

是的，问题好像就是从这里出现的。一向自认为恩爱的我们，竟开始为一些琐事意见不合，并且，常常是因为极强的自尊心而互不相让，逐渐地使一件小事无限扩大，从而达到无可遏止的地步。起初几次只是气一时，过后，很快便会淡忘。然而，更多的问题接踵而至，争吵次数也随之增加，并且每每相持不下，态度偏激，言语恶毒，实在是一副平日里无法想象的嘴脸。一次次的争吵，使我们心力交瘁，以往心中的美好形象都土崩瓦解，不复存在。有人告诉我说，这是必然要经历的磨合，而我却认为我们的爱情脆弱至极，经不起一点挫折，每每夜深人静的时候，都无法安然入睡。或许是我们的生活太过于平淡，或许是曾经的我们对自己伪装过多，一旦暴露，矛盾便显得极其尖锐，种种想法萦绕于脑中，解不开羁绊，又挥之不去，久而久之，我对我们的感情便免不了提出质疑。

于是，就有了前面的想法。

是的，我恍然大悟，问题就是出在这里了，理清思绪之后，如脱去一身负担一般，顿感轻松无比，然而问题找到之后该如何解决呢？我又重新陷入新的思考当中，这同样是令人头痛的问题。难道初接触的美妙已被岁月冲淡了吗？我不愿这样认为，但无可否认，我确实是没有了激情，甚至认为不会再为任何事感动了。这并不是我们最初所设想的结果，在这个阶段中，我异常沮丧，心情恶劣，做事六神无主，甚至会以为自己已经不再爱眉儿了。

"这真是一个可怕的想法，一直以来，我都是很羡慕你们的。"我的朋友杨子说。

"可我确实感到疲惫不堪，眼前的一切令我无所适从。找不到有效的方法，却又摆脱不掉思想的束缚，像是猛然间丧失了许多的生活能力，对一切都失去兴趣。"我不无痛苦地说道。

"看起来很难办。"

"是的，我真的不知道该怎么做，我想她一定也会想到这些。"

绝对！

2002年悄然而至，一切都一如既往地重复着。

生活没有什么起色，仍然按照原来的轨迹延续，总感到一种类似不安的情绪回荡在身体里，我知道，这并不是突如其来的，仿佛是看着一些东西从眼前流走，却无法阻止。那种无可奈何带给我的焦躁摆脱不掉，究竟该怎样平静下来？或许，我根本就无法平静，我在想着一个接一个毫不相干、仿佛又紧密联系的问题。

总之，我的思想极其混乱。

没有人会轻率地就决定放弃四年之久的感情。最起码我是这样认为的。于是，有一天我找来眉儿，准备和她促膝长谈。

那天下午，我没有上班，眉儿也是。我们俨然一副商议大计的样子，在我家谈论了一下午。其间，各上一次厕所，我趴在窗口抽了半支烟，她到客厅倒了杯水。

"我觉得，我们之间似乎出现了点问题。"我开门见山。

"是的，但不是似乎，更不是一点。"眉儿出奇地严肃。

"对，迫在眉睫了。"

我们正襟危坐，酷似谈判。

"不知从什么时候开始，感到你好像总是闷闷不乐，搞得我的生活也开始紊乱。"眉儿说着，将目光移向窗外。

"你究竟怎么了？问题出在哪里？"眉儿摆出一副冥思苦想的模样，不知道她是在问我，还是在自言自语。

"其实，一直以来我都认为我们彼此都很了解对方，可是有一天，我忽然就觉得你很陌生，闭上眼，竟怎么也记不起你的样子。竭尽全力地回忆着，仍无济于事，甚至感到恐惧。

"我们为什么争吵？对于这个问题，我想了很多。好像我们以前对自己的伪装过多了，当然，我知道，这是出于一种好意，总是要把自己最好的一面展示给对方，可以理解。但是，也不能排除虚荣心的干扰。我们在一起四年了，人无完人，难免会相互暴露一些缺点，对于一些问题的看法，也不会总是不谋而合，所以才会产生争执。然而，我们的自尊心都太强，互不相让，于是，便一发不可收拾了。"我一口气说完。

"是吗？是这样的吗？你认为问题是出在自尊心上？可我并没有想要和你争执，但你总是闷闷不乐的……"

"不，你没有完全听懂我的意思，问题不止出在一个地方，有一阵子，我确实感到苦闷，因为我一开始思考，一些事便总困扰我令我迷茫。"

"那该怎样解决？"眉儿把目光移向我。

"这也是我今天找你商量的目的。"我盯着她的眼睛。

"可我并不觉得我有虚荣心，我也不认为在你面前我的自尊心有多强。我们这样生活不是很好吗？你每天都在胡思乱想些什么？"眉儿有些激动。

"这不是胡思乱想，而是生活中必然会遇到的，也必须解决的问题。"

"什么问题？我对你不好吗？还是你不再爱我了？"眉儿眼里含着泪，一副很痛苦的样子。

而我也感到有些烦躁。

"好了，好了。我不想我们再为这个问题而争执起来。我们都太敏感。找你来是想商量该怎么做，而不是讨论为什么。"

眉儿低下头，不再说话，只是轻轻地抽噎，肩头微微颤动。

"这样吧！以后我们无论何时何地，如再发现有即将争吵的势头，不管当时是谁的原因，我们都各退一步，待平静下来之后再说。适当地压抑自己的情绪，学会忍让，好吗？"

好半天，眉儿才哽咽着抬起头。

　　"好吧！"她看起来很无奈。

　　而我又何尝不是呢？

　　从那以后，我们的争执开始减少，相敬如宾，举案齐眉地相处着。可不知为什么，生活却依然乏味。我竟慢慢觉得眉儿有些生疏，甚至无法知道她心里在想什么，感觉少了很多默契。在一起时，时时刻刻都要注意，小心翼翼，诚惶诚恐，反而更不轻松。于是，我再一次感到怅惘。

　　三月，单位派给我一次出差。其实，起初并不是派给我的，只是我执意争着要去。出差的时间大概是一个星期，地点是秦皇岛市。我没有告诉眉儿，只和家里说了一声，便踏上旅途。经过八九个小时的路程终于到站。由于路上颠簸劳累，一进旅馆房间，便倒在床上睡去。以后的两天每天上午九点准时开会，下午便无事可做了。一起开会的都是从各地来的同事，我们同住在一个旅馆。和我同屋的比我大三岁，来自廊坊。他极喜欢看电视，恰巧旅馆有专设频道。二十四小时播放录像。于是，不开会时，他便如饥似渴地抱着电视不肯放。别的同事大都结伴四处闲逛，我虽然感到无聊，却也不想和别人一起。于是，只身一人来到海边。

　　三月的海边，空旷、寂寥、海风清凉、潮湿，海浪此起彼伏，前仆后继，脚下的细沙被风吹着快速流动，就像是踩在清澈的溪水间似的，天空中海鸥不停地盘旋。我望向远方，海，无边无垠。此时此刻，心情最大限度地得到释放。我不由自主地拿出手机，拨通了眉儿的电话，并大声告诉她，我在海边，海风凛冽，问她是否听得见海的呼吸。

眉儿哭了!

从海边回来的那天晚上,我给眉儿写了一封信。像是忽然间就想通许多事,心情豁然开朗。

眉儿:

在距离你千里之外的陌生城市给你写这封信,心里有种异样的感觉。在这里,以往曾不断困扰我的事情都在一瞬间不解自开,也许是因为距离的缘故,让我得以真正安静地去思考。置身于局外方能厘清头绪。我想这段时间我是有些偏执了,陷入一些想法当中不能自拔且不自知。还好,问题的迎刃而解令我十分欣慰,也倍感愉悦。

眉儿,我思念你了。不管我愿不愿承认,事实如此,无可否认。这封信写得断断续续,时不时会坐在椅子上发愣,趴在写字台前手攥起来放在桌子上支起下巴想你。

立即,眼前便变得模糊,意识像是悬浮了起来,飘忽不定,闪烁迷离。你是了解我的,你知道我是在思考,我是在冥思苦想,从而找出最贴切、最动人的词句来抒发我对你抑制不住的思念。其实,思念一个人并不痛苦,只是有一点淡淡的忧伤,勾起美好的回忆,又是阵阵微风拂去烦乱。思念,是你的影像在我脑中清晰浮现后的欣然;思念,是期盼中迸射的快慰;思念,是我闭上眼后的心如止水;思念,是寂寞中盛开的美丽花朵。我知道,有的时候等待一个人是痛苦的，能想象得到你急切的心情，也能听到你梦中悠长的呼吸，不知该说什么才好。对了，还记得在海边吗？我让你听海的呼吸，那便是我的回答。我爱你，深深依恋你，我知道你仍在等候，不过，不久我将归去，那一刻我会不停亲吻你的脸颊，抚弄你的肩头，我要紧紧拥你入怀，感觉你钝重、喜悦的心跳。我要将自己深埋于你长长垂下的头发里面嗅着你的气息，沉沉睡去，就此睡去……

好了，就此止笔吧！相信在回去之后你已经看到这封信了。

——南风

于2002年3月13日晚

第二天一大早，我便邮出了这封信。在一切都变得坦然明了之后，我回去的心情更加急切了。

以后的四天里，工作上的事情都已经结束，余下的日子便组织所有开会人员四处游玩。由于我归心似箭，于是无心游览各处名胜古迹，只是一天天盘算着日子，苦挨着时间。

三月十七日早晨九点，我终于踏上归去的火车，心情激动万分。

站台上的一切都慢慢消失于我眼前，过了一会儿，列车便缓缓行驶于平原、旷野之间了。

放眼望去，时而片片荒芜的废墟，时而无边的田野，远处是连绵起伏的山脉，被笼罩于薄薄的雾气当中若隐若现，令人向往。车上异常得热闹，有人打牌，有人谈笑风生，有人凝神于窗外，有人瞌睡连连。一路上，经过许多的城市，上来一些人，又下去一些，不断地更换着面孔，然而大家做的却都是相同的事。我倍感无聊，情绪莫名其妙地异常低落，于是，趴在座前放物品的台架上昏昏睡去。醒来，只觉五脏翻腾，肚里叽里咕噜响声不断，想到自己应该是饿了，于是起身接些热水，泡了碗方便面，还没等面泡开，便迫不及待地用塑料叉子将面戳开，大口大口送入嘴中，几口下肚，方觉气定神凝，抬头环视于车厢内，仍是睡前那番景象。待面吃完之后，我询问了列车员到站时间，列车员瞥都没舍得瞥我一眼，只甩给我两个字——"马上！"这委实让我感到困惑。其实，我想知道的是准确时间，而"马上"这两个字实在是有些不够具体也欠准确，并且，每个人对待时间的标准又不一样，天知道列车员所说的"马上"究竟是多长时间，我一边猜测着到站的时间，一边沮丧地将头扭向窗外，觉得自己也有些庸人自扰，不如听到站时的广播吧！

时间一分一秒地过去，傍晚七点左右，火车终于到站。长久的僵坐令我腰酸腿麻，下车后木讷地混在人群里向出站口涌去。远远地看到车站工作人员正在将出站口的门打开，然后站在门旁的围栏里准备检票。看到这些，本已疲惫不堪的我竟一下子振奋起来，由于这种亢奋的情绪，脚步也不由得随之轻盈。走到出站口，等待、拥挤、检票、出站，一气呵成。终于，在离开六天之后，我又重新回到这里。

　　然后我看到了眉儿。她就站在车站广场中央，似乎还没有看到我，正焦急地向这边眺望。

　　那一刻，我的心竟倏地坦然许多，所有旅途带给我的疲惫、烦躁、不安与恶劣情绪都一并消失。我静静地看着她，看她焦急的样子，看她孑然的身影，直到她也看到我，露出欢喜的神情。眉儿瘦小的身影在拥挤的人群中穿梭，一脸兴奋地向我跑来。忽然间，我发现其实我依然是爱她的，所有曾经困扰我的东西都在一瞬间消失殆尽。是的，我依然是爱她的。只不过这爱曾一度在平凡的生活中隐匿或是被我忽视，丢弃在什么地方。庆幸的是，我并没有失去生活的激情，我仍然可以被一些东西所感动。

　　当眉儿来到我面前，我注视着她干净、清澈的眸子，迫不及待地告诉她："我爱你！如三千度的火焰一般炙热！"

文
——
破罐

男孩
别哭

这世界依然还需要感动，那我们依然还需要坚强。

——《正午阳光》

　　我一直搞不清楚自己的初恋对象是哪个，是不是要正式确定恋爱关系才算恋人。暗恋当然不算，我记得大一思修课上，老师讲到"所谓爱情是一对男女基于一定的社会基础和共同的生活理想，在各自内心形成的相互倾慕，并渴望对方成为自己终身伴侣的一种强烈、纯真、专一的感情。性爱、理想和责任是构成爱情的三个基本要素"，坐在我旁边的张枭男不屑地哼了一声，鼻子里喷出的气把我的书都翻了一页，看来他是很不同意这个说法。

　　张枭男这个人就像他的名字一样奇怪，我们上大学时第一项任务就是军训，他却等到军训完，过了"十一"才来报到。而且他不跟我们住宿舍，自己在外面租房子。他并不是天津人，听说家里在三河市开了个钢铁厂，是个富二代。那时候还不流行讲"富二代"，我有个同学是广东东莞人，老爸是全国人大代表，自己是家族企业的董事，隔一阵子就坐飞机回去开董事会，可依然跟我们一起住八人间，吃喝拉撒睡，走路放屁玩，没有一点纨绔子弟的派头。张枭男却有点冷漠不近人情，独来独往，早上的课很少按时到场，晚上也很少跟大家一起上自习。

　　我一直记得他第一次走进课堂留给我的印象。当时是班级辅导员把他介绍给大家的，他的名字让我们交头接耳了一会儿，然而让我惊诧不已的是，我发现他长得有点像李俊基。

　　我们第一次面对面交谈还是班里组织的一次K歌活动，就在学校的红房子外。我记得在那个大房间里，我们班上将近三十个同学挤在一起，当麦克风传到我手上，我本不想唱，可是宿舍的哥们儿喊道："小桂子，来一个'姑娘姑娘，漂亮漂亮'。"因为我经常在宿舍放一些摇滚音乐，他们耳濡目染，就来调侃我。不明所以的男同学哈哈大笑跟着起哄，女生们转过头窃窃私语。我当然不加理会，看到有许巍的《蓝莲花》，唱完就走出红房子，点根烟抽起来。

　　不一会儿他也出来了，站在我身边。我一看是他，有点不好意思，问他："抽烟吗？"他说："来一根。"我抽出一根中南海，凑近给他点火，看到他白皙的手指，又想起李俊基光滑白洁的后背，颤颤巍巍地把火点上。没想到他刚抽了一口，竟然被呛得咳起来，眼泪都出来了。他把烟递给我，说："好难抽，还给你。"我怔了一下，把手里快抽完的烟扔在地上，接过他的烟，夹在食指和中指之间，转了两下，放在唇间吸了一口，深深吸进肺里，吐了出来。

他问我："你听过《我开始摇滚了》吗？"

"当然，"我说，"我不喜欢。"

"那个乐队就是天津的。"

"天津还有摇滚乐队？我还以为这里是文化沙漠呢。"那时候我年轻，没见过世面，却以为自己什么都懂。

"我们可以一起去酒吧听现场啊。"他说。

"酒吧？"我从来没去过，以为是那种有长长吧台的酒吧。

"贵吗？"我说。我是个穷小子，每个月的生活费只有五百块钱。

"我请你。"他爽快地说，声音在夜色中无比温柔。

一天，张枭男告诉我说正午阳光乐队要在某个酒吧驻唱，让我和他一起去。我问他："正午阳光是哪个乐队？"他白了我一眼，说："就是唱《我开始摇滚了》的那个。"我忙"噢噢"地点头。

下午我们在学校吃完饭，就坐公交车去市里。酒吧里早就排了很多人，我们站在楼梯道上等着。我是第一次来这种场所，感到新奇，特别是有许多貌美姑娘，看得眼花缭乱。张枭男突然说："交个女朋友，还是养条狗。"我说："交个女朋友。"他又鼻子喷气地哼了一声。

等了半天才放人进去，开始是两个本地不知名的乐队暖场。终于轮到正午阳光登场，人群中热闹地叫喊着："我开始摇滚了。"这让我觉得颇没有面子，想找条地缝钻进去。还好王宝没有唱这首歌，先是一首《秋孩子》，一下子将气氛平复下来。我发现自己还挺喜欢这首歌的，主唱的声音也是我喜欢的，有一种优雅的沙哑、婉转。后来唱到《正午阳光》和《红蔷薇》，我才真正被打动，改变了之前对他们的看法。

我听到张枭男轻轻地跟着哼唱："我是好美好美的红蔷薇，可恨老天不作美，被摘去花蕾，被剥去花蕊，可悲送人作玫瑰……"他的声音不是那种沙哑的，有点像张信哲的女声，我再仔细一看，发现他的喉结也不是那么明显。下意识里，我摸了摸自己突出的喉结。我又想起了《王的男人》里面的李俊基，王后说他"比女人还媚"，我看张枭男也有点像女人。想到这里，我赶紧摇摇头，把脑子里的想法甩出去，"结束这场最温馨的折磨"（《我还是走吧》）。

演唱一直到晚上十点左右才结束，人群散开。我们走在初冬的大街上，呼吸到清新凛冽的空气，头脑也变得清醒起来。我问张枭男住在哪儿，他说在王顶堤。我看时间有点晚，回到宿舍大门肯定关了，就问他能不能去和他挤一晚。他马上变得有些紧张，支支吾吾地说："我那太乱了，地儿太小。"他又说："我给你钱，你打车回去。"很显然，他不愿意让我留宿，我就不再勉强，说道：

"给我一百块钱，还有门票钱，我一块儿还你。"他边翻钱包递给我一百元，边说："我请你的，不用还。"后来我拿着多余的钱在网吧开了一个通宵，看着电影，睡了一觉。

接下来有些日子，我们没有一起聊过音乐。我感觉他似乎有意在躲避着我，上课也不和我坐在一起，做实验时跑到别人的小组，显得格格不入。当时有个女生总爱带着另一个女生跟我一组，次数多了，其他同学就自然把实验台让给我们。那个女生的QQ昵称叫"××公主"，同学有事没事就喊我"驸马"，搞得我想打人。在感情上，我根本没有开窍，你总不能说欲望就是爱情吧。公主长得不好看，脸上还有痘，肉乎乎的，我一点欲望都没有。但我又不是那种能狠心拒绝别人的男生，就这样一直拖到期末。

考完最后一门课，张枭男背着挎包在教室外面等我，说晚上请我吃饭。我们来到校西门外的小饭馆，点了三个菜：木须肉、地三鲜和水煮鱼。他说："喝点酒吧，庆祝考试结束。"我问他："抽烟吗？"他连连摆手说不要，我就一个人抽着。我心里暗暗高兴，起码他没有忘记我这个朋友，我们还能坐在一起聊天，交流共同的话题。他虽然不会抽烟，但酒量却好得很，我喝了两瓶啤酒就晕晕乎乎，他干完三瓶还口齿伶俐，面色红润。

他和我谈起一个音乐节，听起来像"谜底"，他说是"迷幻"的"迷"，"吹笛子"的"笛"。我虽然自诩爱好摇滚，但也只是听过魔岩三杰、许巍、汪峰鲍家街之流，像痛仰、木马、夜叉、新裤子这些奇怪名字的乐队根本就没听说过。张枭男来了兴致，说个没完，滔滔不绝，最后他说："明年迷笛音乐节我们结伴去吧。"没等我答应，他又说，"我请你，请你睡觉，哦，不是，请你住宾馆。"

聊到九点多，他说："走吧，等会儿宿舍又要关门了。"他付了钱，和我一起走到校西门。我扶着他的肩膀，想搂住他的脖子，好让自己走稳。他一把抓住，把我的手从他胸前拿开，放到后面，左手拉着我的右手。他的手指修长、冰凉。我的左手搂着他的腰，他的腰肢柔软，他的右手搂着我的腰，这个姿势有点怪异。摇摇晃晃到了校门口，他从书包里拿出一本书，说是送给我的。我拿来一看，是李皖写的《我听到了幸福》。我说了声"谢谢"，他说"不谢"，就告辞打车走了。

整个寒假我都在看张枭男送给我的书，认识了很多摇滚和民谣歌手，还有一些歌手的逸事。尹吾的《出门》是卡夫卡的一篇小说，胡吗个的专辑名叫《人人都有个小板凳，我的不带入二十一世纪》，以及高晓松、崔健、王菲的各种音乐历程，真是让我这只井底之蛙大开眼界了。在看这本书的时候，我总想起那一夜，我和张枭男勾肩搭背地走在学校西门外的小巷子里，两边是鳞次栉比的小饭馆和家庭旅馆。他的手指啊，真是冰凉；他的腰肢，为什么那么柔软？我不敢再想了，赶紧看着墙上挂的美女挂历。

一个月不知不觉过去，我们又回到了学校。张枭男和我的关系也正常了，我们上课坐在一起；晚上他偶尔过来上自习，我们挨着听一个MP3，一人戴一个耳机，把《我听到了幸福》里的歌手的歌都找来听，好像我们真的听到了幸福；做实验也凑到一组，公主见我对她没有兴趣，也不来黏着我；同学们依然拿"公主""驸马"开玩笑，只是驸马换成了另一个班的男同学。"五一"越来越近，我和张枭男准备着去北京参加迷笛音乐节。担心头两天人多，所以我们决定去看五月三日和四日的场。

三日那天，我们坐城际到北京，辗转来到海淀公园。里面已经散落了许多人，围着几个台子，比画着"rock&roll"的手势。错过了前面两支乐队，第三个是麦田守望者，他们刚出了一张新专辑，可我嫌他们的音乐有点流行，过于欢快，上一张专辑*Save As*比较纯粹但又过于校园。我问张枭男看过《麦田里的守望者》这本书没，他说看过，我们相视一笑。接着是重塑雕像的权利，完全是英文歌词，但现场却能带人进入一种迷幻的境界。乐迷们摇摇晃晃，兜兜圈圈，我也拉着张枭男的手跟着跑起来。到了晚上，脑浊和AK-47乐队才将气氛推向高潮，大家都蹦蹦跳跳，吼叫，有情侣在聚光灯下拥吻，在地上打滚。我趁机搭讪了几个姑娘，介绍给张枭男，一直到晚上九点多，兴尽而归。

出了公园，身体内的细胞还在跳动着，我们决定去北大转转，看看未名湖。校园里虽然有路灯，但依然黑黢黢的，走在未名湖畔，我突然想跳下去洗个澡。我问张枭男："老舍是在这里跳湖的吗？"他说那是太平湖。"那王国维呢？""颐和园。"我想到了一个北大诗人戈麦，好像也不是在这里跳湖的。五月，天气已经转热了，我脱了牛仔裤和T恤，试探着下水。张枭男在岸边叫着："小心点，别淹死了。"我下去游了几下，发现湖水并不深，看来没有人是在这里淹死的。这时，远处有一盏手电朝我扫过来，保安跟着大喊起来："谁在那儿游泳，赶紧出来！"边喊边朝我们跑过来，我麻利地爬上岸，顾不上穿衣服就跑起来，一口气溜出校园。

我还穿着内裤，紧紧地贴在下身上。张枭男看了看我光溜溜湿津津的身体，说："赶紧把衣服穿上，别让人当作流氓。"我说道："两个男的谁当我是流氓啊！"他懒得理我，转过身自个就往前走了。我穿好衣服，赶紧追上去。

回到宾馆，我想立马洗个澡，因为内裤贴着很不舒服。张枭男说他要先上个厕所，说着就钻进卫生间，关上门。我脱下全身衣服，把电视打开，等他上完厕所。他一拉开厕所门，看到我一丝不挂的样子，睁大了眼睛，差点捂着嘴巴尖叫起来，不过马上又恢复正常，转过头，嫌弃地说："也不注意一下形象。"我也不当回事，说："澡堂里没见过男人啊？"赤裸裸地走进卫生间。好像想起什么，问他，"你刚才大便还是小便啊，这么快，也用不着关门吧。"站在莲蓬头下冲洗着头发，我模模糊糊地听见他说："你说什么？刚才说什么？"

我洗完澡又赤条条地出来，叫他去洗。他说不洗，累了想睡觉。我懒得管他，自己钻进被子里。我们订的是一个标准间，他和衣躺在右边的床上，见我盖着身子，就说："你知道宾馆的床单有多脏吗，小心感染皮肤病。"听他这么一说，我倒真有点害怕，赶紧把T恤穿上。可内裤还湿着，就把它挂在空调口上，到早上肯定能吹干。

黑暗中，不一会儿我就睡着了。可能是白天玩得太疯狂了，我的梦里也是数不清的人，男男女女，手拉着手，拥抱接吻。最后偌大的场地只剩下我和张枭男，我又看到了那天晚上的场景，我搂着张枭男的腰，他抓着我的手，彳亍地行走，相互扶持着。半夜我醒过来一次，在幽暗中，透过电视和空调的微光，我看到张枭男睡得那么香甜、静谧，他的睫毛那么长，鼻子精巧，嘴角还微微翘起，眼珠子动了动，梦里不知看到了什么。

第二天依然沉浸在欢乐的海洋中，不仅看到了新裤子和夜叉，还有李志、张玮玮和周云蓬。因为是最后一天，乐迷们更加疯狂了，他们在听爱听的歌，做爱做的事，我也拉过不知多少女孩的手，肥的瘦的，美的丑的，和多少兄弟们拥抱，一起呼喊、跳跃，一直折腾到晚上十点多，才依依不舍地离去。这两天，应该是我人生中最快乐的时光吧。回到宾馆，澡也懒得洗了，和衣就睡了。第二天，我们坐火车回到了天津。

那年"五一"还是七天长假，收假了张枭男也没有来上学，到了下旬才回来上课。也不怎么听讲、上自习，总是拿着一本雅思试题在看。他似乎要留长头发，我感觉有四五个月没理发了，看上去就像一个艺术家，映衬在他那俊秀的脸上，更像一个女人。其实我本来也是想留的，留了半年，过年回家被我舅舅揪着去理发店给剪了。我问他是想出国吗？他说只是准备考试，可能毕业以后去吧。

学期末大家都在复习，准备考试，张枭男又消失不见了，期末考试也没有参加。直到最后一天中午，结束所有科目的考试，他在我的宿舍里把我叫出来，让我去他住的地方帮忙收拾下行李。话语间，我感到他的情绪和表情有些怪异，想知道将要发生什么，就随他一起去了。路上，他告诉我，下半年要去美国念书了。原来他并没有考上这所大学，家里利用了关系，把他送进来，只是为了提前适应大学生活，同时还能专心复习雅思，准备出国。而他还有另外一个秘密，想在离开之前告诉我。

他住在王顶堤一个居民小区里，租下了整整一套房间。空着一间小卧，大厅里也没有家具，他带我进了他的房间。一进卧室，里面的摆设物件和装饰彻底把我弄迷糊了，好像进错了房间。窗帘拉开了一半，微风穿过纱窗轻拂着，正午的阳光有些刺眼，稍微才适应过来。墙上贴着粉红色的壁纸，床单是米老鼠的饰纹，床头居然摆着一个白色的熊娃娃。他的行李箱躺在地上，里面衣服满满当当，我看到了花花绿绿的内裤。

我的脑子有点乱了，想起《麦田里的守望者》，霍尔顿在旅馆看到对面房间的男人试穿女人装束，还照镜子。他说："这家旅馆确实住满了心理变态的人，我也许是这地方唯一的正常人。"后来我又看到卡佛也写过一篇类似的小说，讲一个男人给邻居看家，把邻居女主人的衣服拿出来试穿，并且在屋里走来走去。你不知道这个世界为什么有的男人喜欢扮女人，而女人喜欢女扮男装。

张枭男站在窗前，背对着我，缓缓脱下红格子衬衫，他的肌肤是那样地光洁白皙，腰部线条玲珑，腋下却是一条白色的束胸。我的心脏在急剧地跳动，全身控制不住地颤抖。她（我已经猜出来了）脱下束胸，前面隐隐有影子跳脱束缚。慢慢地，她转过身来，她的胸前是一对小巧的乳房，我想起《圣经·雅歌》里的话："好像百合花中吃草的一对小鹿，就是母鹿双生的。"此时，我已经不能自持，瘫坐在床。她接着脱下了牛仔裤，里面是一条淡蓝色内裤⋯⋯

她像一朵含苞的花儿，在光与影中开放，头发已经遮住了耳朵，锁骨玲珑，没有喉结，窄小的肩膀在微微颤动，内腔的跳动带动着胸前在起伏，她的肚脐眼很好看，如一口幽泉，让我恍若隔世⋯⋯在这正午的阳光里，"我要往没药山和乳香冈去，直等到天起凉风，日影飞去的时候回来"。

文 —— 半岛璞

碳水化合物
让女人们
免于心碎

就像猫喜欢蛋白质的味道一样，人天生就被甜味——碳水化合物的味道所吸引。对于人类祖先来说，甜味对人的固有吸引是个不赖的生理机制，因为在那个时候，自然界绝大多数甜的食物都是无毒的。但是在21世纪的今天，这一切又变得不一定了。每一个劝你多吃碳水化合物的人都有些居心叵测。脂肪对于一个女人来说成了剧毒——由碳水化合物转化而来。在座的，便没有一个在那个问句后面吭气，于是章小元又问一遍："谁还要吃米饭吗？"桌上就只有周缕缕一个人举手说："我。"

章小元嫁给了大家在大学时都暗恋过的一位学长，去双方老家办完婚礼，又回城做了一场小型的答谢宴，专请大学同学和双方同事。酒足菜饱，女人们都抱住自己的胳膊，如今没有人会再吃主食。章小元大学时是那样地平凡，现在她前凸后翘，穿一件鱼尾礼服要多风骚就有多风骚——没有几个女人的身材能hold住鱼尾礼服。

等周缕缕把她的那碗米饭吃完，人走得也差不多了，邻座还剩一个男人在不紧不慢地抽烟。"过来陪我喝两杯酒。"他对周缕缕喊，也不知道他是新娘的同事还是新郎的同事。

周缕缕放下筷子但没动，男人长得有些像玉木宏，只可惜没礼貌，也没有酒量。他索性主动向周缕缕走去，刚走两步就栽倒在了地上。

"对不起，我们要打烊了。"餐厅经理走过来对最后这两个人说。

"哦。"她赶紧站起来，戴上围巾，快速朝门口走去。"哎，小姐，把你男朋友一起带走啊。"经理急了。

"他不是我男朋友，我不认识他啊。"她解释。

"我们可以帮你把他拽到门外，餐厅必须关门了。"经理说。

而外面刚刚下过一场雨，夜雾让空气更加潮湿。

男人在屋檐下还是不醒，周缕缕想走，又怕他这样躺在路边会被别人给抢了。她掏出男人的手机，想找个他通讯录里的人，但手机有密码。周缕缕心一横，乱按了四个数字，屏幕竟然解锁了，手机却突然被人一把抢过去："你干什么，干什么拿我手机?"他挺直了上身，鼓着腮帮子，看样子是清醒了。

"你醒了就好，我被你连累到现在还没回成家。"她没好气地站起来，伸手到路边去拦车。

"我有车，你送我一下行不行？"他看上去还有些痛苦，"对了，你会开车不？"

"我凭什么要送你？"她瞪他。

"你送了我，你再送你自己嘛。再说，能吃大米饭的姑娘，心地都坏不到哪儿去。"说完他就开始吐，把餐厅门口搞得恶心极了。

吃过大米饭的人在三小时以后往往觉得很失落。像米饭这样的简单碳水化合物，在体内释放能量的速度相当快，血糖于是迅速升高，身体只好分泌大量胰岛素帮助恢复血糖水平，于是高峰之后便很快出现一个低谷，这时候人就会产生想摄入甜食或者含有咖啡因等刺激物的欲望，这种渴望的高峰就发生在进食三小时后。

三小时后，周缕缕已经把男人送回去了，自己也打车回了家。没有睡意，血糖引发的渴望就开始撩拨她。应该发生点儿什么的，她觉得，然后给自己开了一罐巧克力冰淇淋。

随手破解一个四位数密码，这毕竟是个小概率事件，发生一次可能就不会再发生第二次，她也再没有遇见过一个长得像玉木宏的醉汉。

后来，同学与同事给她介绍相亲对象，她不挑不拣，一一赴会。有合适的就相处看看，到了一定年纪就会明白，你怎么对生活，生活就怎么对你，别跟它玩儿小概率。她终于有了一个各方面条件都很匹配的男朋友，叫傅聪明。周缕缕觉得自己应该开始减肥了，没有一个女人想在自己的婚礼上显得膀大腰圆，戒掉精制碳水化合物是第一步。

周缕缕不再吃大米饭，她办了张健身卡，还请了私教，每天以西蓝花、鸡胸肉以及红薯度日。这都是傅聪明教她的，他工作忙，但总会抽时间健身，饮食上也控制得严格，周缕缕不想在体脂率方面差他太远。

但本能总是能轻易摧毁后天的节制。许多次，她发誓今天不能再吃米面了，健完身以后食欲如潮水般袭来，她便一头扎进小饭馆或者甜品店，就像是一个毒瘾发作的人。这个月，健身房旁边又新开了一家牛肉饭馆，她已经三过其门而不入，今天真的控制不住，简直是把一张脸埋在海碗里，吃完了走出去，竟有些泪水涟涟——强烈的自我挫败感。

"小姐，小姐，你的手机！"她突然听见背后有人在气喘吁吁地叫她。她回头，不敢相信自己的眼睛，是玉木宏。

"是你……"他也愣住了，然后傻笑。但手机响了，是傅聪明打来的，玉木宏把手机递给她，屏幕上赫赫地亮着两个字——"老公"。

周缕缕把这个电话掐了，她结结巴巴地问："你，你在这边做什么？"

"这家店是我开的。"他指着身后的饭馆，然后手臂慢慢垂下来，"后来，我问了好几个人，还是没有找到你的联系方式。"他明明给她送来了手机，却说，"谢谢你，我叫肖汉。"

两人假模假式地握了握手，肖汉就转身回去了，他往前走，没回头，突然大喊一声："没事就来我这里吃饭！"

早在两百年前的《随园食单》上，袁枚就这样写：饭之甘，在百味之上，知味者，遇好饭不必用菜。周缕缕可能已经遇到了属于她的那一碗好饭，在家里什么菜都食不甘味，傅聪明猛地一抬头："你健身，怎么越健越胖了？"

她在外偷食，眼神不免有点闪烁："迈开了腿，但还是没有管住嘴。"

傅聪明哼地一笑："小胖妞别委屈自己了，运动只为身体健康，以后想吃什么吃什么吧。"但这句话也许来得太晚了。

这天，周缕缕加班加到了晚上快十点，健身房去不了了，走之前，她去公司的卫生间里给自己补了补妆，口红擦在了嘴唇上，后知后觉地笑自己：这是在干什么。

上一次见肖汉，她刚健完身，又狼吞虎咽地吃过饭，脸上一点妆都没有，估计是挺憔悴的。今天晚上，她重新推开牛肉饭馆的门，肖汉正站在厨房送菜口和厨师谈着什么，店差不多已经打烊了，椅子都倒扣在桌上。

"缕缕。"他看见了她，连忙把她迎进厨房后面的私人工作室，"跟朋友合伙搞的小生意，图个乐子而已。"她看见柜子上摆着各种各样的酒瓶，肖汉拿出一瓶喝了一半的红酒，"我们真的太有缘了。"

周缕缕说："我酒量很差的。"肖汉倒了一杯给自己："没事，你可以不喝，不然没人可以开车。"他眨了眨眼睛，周缕缕背过身去，脸上有红晕，觉得自己又变成了一个怀春少女。

半瓶酒喝完，桌上的笔记本共播放了19首粤语歌。后来他心满意足地钻进副驾驶位，说怎么也找不到安全带的插扣。周缕缕俯下身去帮他找，在那漫长的几秒里，两个人能感受到彼此呼吸的温热，安全带的插扣找到了——就在他手里。然后他就吻了她。

周缕缕沉浸在这个不疾不徐的吻里，心想，今晚回家，就给傅聪明打一个电话，她要直接告诉他，她坚持不下去了，因为她戒不掉一个人，就像戒不掉那些精致碳水化合物。

肖汉睁开眼，捧起她的脸："缕缕，我喜欢你。"

周缕缕觉得有些难过："可我有男朋友了。"沉吟半晌，她又说，"但是，我会和他分手。"

肖汉没有说话，一直微笑，刚才的吻有红酒的酸味，但他并没有醉："其实你也不用分手……我有太太，在国外。"

这么快就到了凌晨十二点，少女心又变回又冷又硬的南瓜。她扭头下车，把车门摔得嘭一声。

肖汉不解地追出来："缕缕，怎么了，缕缕？"

周缕缕没法回头看他，她觉得此刻的自己一定丑极了。

"现在，大家，"肖汉慌张地组词，"不都想得很开吗？我以为你也是这样的，不然，你为什么会再来找我？"

周缕缕想起了手机屏幕上的"老公"，还有肖汉当时的没回头。

"缕缕，我们的缘分很难得，已经算是一种奇迹了！"他喊着。

对植物来说，碳水化合物的天然吸引机制也非常有用。植物把种子藏在它们的果实里，静静等待着动物们的路过。当动物们吃了那些甜美的果实后，会在离原植株较远的地方将种子排泄出来，种子的外面，甚至还因此附上了一个"有机"肥料包。而周缕缕也去了一个遥远的地方，全世界有一天突然长满圣诞树，却不再有属于她的礼物。她和傅聪明分手了，是她提出来的，也没说别的，只说另一个城市出现一个更好的发展机会，想过去，傅聪明便那样轻便地尊重了她的决定。在同一个城市发展，是从相亲发展成感情的无数客观前提里的一个。

新城市的餐厅里坐满情侣，男人喝着红酒，女人娇笑着。周缕缕从那些光明的窗口路过，收到的是肖汉的短信："缕缕，对不起，我可能伤害了你。再也找不到你以后，我才发现我动了真的感情。你可以鄙视我，真的，但至少让我做你的一个普通朋友，行不行？"

可是周缕缕离开，不是为了让肖汉找不到她或者终于找到她的。如果傅聪明可以挽留她，或者追过来，周缕缕觉得，这段充满了世俗理智的配对就能多那么一点点不理智，这才更像是爱情吧。爱情和感情的区别，或许就是那么一点点的不理智，如同热红酒里需加的肉桂，口感不改，气味将产生巨大区别，女人从此相信这就是注定的爱，把其余的选择全都弃绝。

一年后，周缕缕收到的是傅聪明的结婚请柬。她早戒掉了精致碳水化合物，麻木地健着身，已经能把自己塞进一条鱼尾婚纱。她决定还是要去参加他的婚礼，不是去砸场子，而是争取去接一个花球。我们失去的都是侥幸，得到的，就是现在的人生吧。

她突然想吃极为甜腻的食物，这样的渴望好久都没有过了。周缕缕走进街对面的甜品店，给自己买了一个巨大的奶油蛋糕。碳水化合物带来的幸福感将是短暂的，但至少这样的放纵，后果只需要一个人来承担。

文
——
阿
绿

暗恋
已过期

　　八月的光泽县比往年更热。季云在家睡了一天，傍晚时被隔壁阳台传来的说话声吵醒。吊扇不知什么时候停止了转动，她起身到阳台发现对面大楼一片漆黑，看来是停电了。她伸了个懒腰去卫生间冲了个冷水澡，换上背心短裤去路口便利店买冰雪碧和晚餐。路口的便利店是季云的食堂，她周末的食物都在这家店买。因为频繁光顾，又总是忘带钱包，店里所有员工的微信她都加了方便转账。

　　季云走进便利店，凉凉的冷气吹在后颈上，汗毛立刻舒展开。她舒服地呼出一口热气。

　　啊，空调真是太舒服了。

　　她往冰柜走去。她知道雪碧在第二个冰柜第一层。季云打开冷饮柜门拿了一罐雪碧，拉开拉环仰起头咕嘟咕嘟地喝了几口。冰凉的雪碧顺着喉咙流进胃里，身体彻底凉快了。季云又选了几包膨化食品抱在怀里，去收银台结账。

收银的阿红看是季云，就和她聊了起来。

"今天好热啊。"

"是啊，雪碧我喝完再刷吧。"

"嗯，那你去窗口坐一会，后面还有人。"

季云抱着膨化食品走到窗边的高脚凳坐下，她拿出手机给阿红发微信。家里太热，我要在这里多待一会儿。发完信息就打开手机看起漫画来。

过了一会儿，旁边有人落座。她瞥了一眼，一个陌生男人。

陌生男人开口说话了："超市里的东西，应该要先结账再吃吧？"

"啊？"

"你的雪碧还没结账吧？"

"……怎么了嘛？"

季云觉得很奇怪，这个陌生男人为什么要对她说这些。

陌生男人看着季云一字一句地说道："你——的——雪——碧——还——没——有——付——钱。"

"嗯，对啊。"

"而且你没付钱就打开喝了。"

季云刚刚被冷气安抚的心立刻燥热起来。她不耐烦地回道："我没付钱关你什么事？"

陌生男人慌忙地摆手，

"啊，你不要生气。我没有招惹你的意思。"

"那你什么意思？"

"我只是从来没有见过你这种女生。"

"我这种女生是哪种女生？"

"呃……就是很特别的女生。"

这下季云彻底火了，她收起手机跳下椅子抱着手臂大声责问这个陌生男人。

"什么特别？你的意思是说我吃霸王餐？"

陌生男人从椅子上滑下来，看着面前怒目而视的季云。

"我不是这个意思，真的不是。"

季云拿着空雪碧罐走到收银台对阿红说："雪碧钱，我转账给你。"就怒气冲冲地走了出去。

陌生男人走到收银台对阿红说："你看吧，我说过我不行的。"

阿红看着面前被季云呛得灰头土脸的陌生男人："你不要灰心，她一会儿还会回来的。"

"真的吗？"

"你看窗口的桌子上，她忘记把晚饭带走了。"

陌生男人把季云的晚饭抱到收银台，对阿红说："那我把这些都买下来，一会儿她回来你把这些给她吧。"

阿红叹了口气："不是我说你，陈景林。哪有人用这种话搭讪的。"

"唉，我太紧张了。"

陈景林暗恋季云一年了，今天终于鼓起勇气上前搭话，没想到是这种结局。他觉得自己失败透了。

陈景林暗恋季云的事早就被阿红看出来了，上个月阿红对着在店里走了一圈只拿着一瓶雪碧来付钱的陈景林说："你来的时间太早了，周一到周五，她九点十几分才会来店里。"

"你在说什么？"

"我说你。你是不是在等季云？"

"季云？她叫季云，名字真好听。"

"你看，我就说吧。"

陈景林不好意思地推了推眼镜，尴尬地笑了一下。

"你怎么看出来的？"

"你每次来店里都会先转一圈，如果季云在，你一定会在她后面付钱。"

"哇，你好厉害啊。"

"你打算什么时候表白？"

"我……我不知道，能说上话就不错了。"

"哎呀，你们这些男人，就是因为太胆小，所以喜欢的女生才会变成别人的女朋友。"

陈景林一想到季云会变成别人的女朋友，就难过得不行。那怎么可以，她那么可爱，她只能是我的女朋友。

陈景林问阿红："你们女生喜欢什么样的开场白？"

阿红给陈景林描绘了许多浪漫开场白，但是她怎么也没想到陈景林和季云的第一次谈话，会以季云摔塑料门帘而去作为结尾。

陈景林带着季云落下的"晚饭"垂头丧气地回到家。在沙发上蜷成一团睡觉的冬瓜抬头看到陈景林，立刻翻了个身露出肚皮望着他。陈景林还沉浸在搭话失败的深渊里，随手把那些零食扔到角落就抱着冬瓜呜呜哭起来。陈景林哭完觉得自己丢人极了，还好没人看到。冬瓜看到也就看到吧。它一只猫，还能开口嘲笑他软弱不成。

陈景林衣服也懒得换，把自己狠狠地往床上砸去，不一会儿就睡着了。

"陈景林，醒一醒。"

陈景林被推醒。他睁开眼看到一个蓝眼睛、灰头发、圆脸蛋的胖女孩坐在床头。眼前一幕足够把陈景林吓清醒。

"你……你是谁？"

"我是冬瓜。"

"冬瓜？"

"对，就是你养的猫。"

"你怎么变成人了？你的毛呢？"

"哪个人身上会长猫毛？"

"你想干吗？"

"教你谈恋爱。"

陈景林坐起身来，看着面前这个自称是冬瓜的胖女孩。按照一般的剧情发展，猫女的身材不应该是这个样子的吧？！

冬瓜爬到枕头上躺下，不满地对陈景林陈述事实："我这么胖，还不是你养的？"

"你能知道我在想什么？"

"当然了，这里是你的梦境。你想什么大脑都会说出来。"

"那我可以不张嘴说话吗？"

……

"你也不能因为失恋了就懒成这样吧。"

"我才没有失恋。"

"你刚刚把我背上的毛都哭湿了，知道我舔了多久才去掉味道吗？还有你知道人类的眼泪是咸的，我吃咸的会掉毛的。"

陈景林看着躺着枕头上团成一团的冬瓜。

"你不是说要教我谈恋爱吗？"

"还不是你，把话题扯到身材上。"

"那你说吧，我要怎么样才能让季云变成我的女朋友。"

"很简单，会说话。"

陈景林一头黑线，作为一个人，说话这个技能他还是有的。

冬瓜从枕头上钻进被窝里，瓮声瓮气地说："你听清楚，是会说话，不是说话。"

"怎么样才算会说话呢？"

冬瓜从被角爬出来，打开衣柜坐进去："网络那么发达，你自己查咯。"说完这句话，衣柜门就关上了。

陈景林从梦中醒来，看到躺在床尾呼呼大睡的冬瓜，这个梦也太神奇了。他把冬瓜抱在怀里抚摩着，在猫背的毛里摸到一些盐粒。冬瓜真的变成猫妖显灵了？他抱着冬瓜跳下床，奔到书桌前打开电脑。电脑桌面多了一个文件夹，打开里面全是文件夹。每一个文件夹里的内容都是约会技巧和说话之道。他把冬瓜举起来，看着它的眼睛说："我一定会认真学习的。"

陈景林把所有文档看完已经是两周后。他按照冬瓜整理的恋爱技巧，对着镜子练习了很久，还是觉得不妥，又给阿红发了许多语音，询问哪一种语气是最佳的。终于在一个周四晚上的九点，他准时站在了便利店前。阿红看到陈景林在门外，给他一个加油的眼神。陈景林深吸一口气，掀开门帘走进店内的冷饮柜前。接下来，就是检验他学习成果的时刻，成败在此一举。

阿红发来消息："没想到你换个发型、换套衣服会好看这么多。"

被一个女生夸赞，陈景林觉得很害羞。他刚准备开口说些谦虚的话，就想到恋爱技巧里面的内容，立即整理情绪礼貌地回答："谢谢，你今天也特别好看。"

收银台传来阿红的笑声："看来你学有所成啊。"

陈景林在店里溜了一圈，走到收银台问阿红："季云呢？你刚刚不是说她在店里？"

"出去买奶茶了，喏，你看她的泡面还在。"

陈景林看到窗边的餐桌上的泡面，一个黄色的背包放在高脚凳上。这个书包季云经常背，书包上面还有一只黄色的鸭子徽章。陈景林买了和季云一样的泡面加了热水，把泡面放在季云的泡面旁边，然后也出门去买奶茶了。

阿红看着陈景林做这些事，摇头感叹："恋爱真好。"

陈景林刚离开便利店，季云就带着两杯奶茶回来了。一杯给阿红，一杯自己喝。季云坐到窗边看到两杯泡面也没多想，揭开泡面盖子稀里哗啦地吃起来。陈景林带着奶茶回到店里，季云正好吃到最后一口泡面。陈景林走到收银台把一杯奶茶递给阿红，然后走到季云旁边坐下吃泡面。季云看了一眼陈景林，收拾好泡面背着包走出便利店。

陈景林吃完泡面又喝了一大口奶茶，舒服地叹了一口气，整个人像放了气的塑料玩偶一样彻底松懈了。他在窗前坐了很久，久到泡面汤里的油都凝固了，才起身把泡面和奶茶扔到垃圾桶，去冷饮柜拿了一罐雪碧走到收银台结账。

"你刚刚怎么不和季云说话？"

"不知道说什么。"

"随便说呗。"

"没什么想说的。"

"怎么会呢？"

陈景林看着面前拿着雪碧扫码的阿红："说出来你可能不信，

我好像不喜欢她了。"

阿红把雪碧放在收银台上，抬眼认真地看着陈景林："不会吧？"

"嗯，我刚刚站在外面看着季云吃泡面，就觉得好像也没有喜欢到一定要和她说话、对她告白的程度。"

"你的意思是，你对季云的暗恋过期了。"

陈景林笑了笑："可以这么说吧。"

阿红什么也没说，把雪碧推给陈景林："这个算我请你的。"

"啊，这不太好吧。"

"庆祝你暗恋毕业咯。"

"那好吧。"

陈景林拿过雪碧，按下拉环仰起头喝了一口。许多泡泡裂开的声音传到他耳朵里，他在店里和阿红聊到喝完那瓶雪碧，才离开便利店。

阿红看着收银台上的两杯完好的奶茶笑了笑，这两个人怎么不问问她喜不喜欢奶茶。

第三章

原来你
也在
这里

蓦然回首，原来你也在这里。

文——
杨顺顺

原来你也在这里

一

"普外转脑外？"冯升翻翻手里的病历，对小护士的话有些漫不经心。

"是啊，冯医生，我们都不太相信，早上高主任才把这周的值班表排过来，上面有她，我仔细看了，是脑外科。"

"给32床的病人量个体温，还发烧就叫高主任，我到后面瞧瞧。"

丁冬并没有穿白大褂，坐在一群医生中间还是很显眼的，冯升一进来就看见了，倒是诧异她看到自己并无表情，继续讨论会诊方案，他有些无措地笑笑。

丁冬之前在协和做普外，后来不知道为什么去了国外，回来就成脑外专家了。她来边城医院第一天就成了焦点，这个漂亮年轻又聪慧的女孩儿太有故事感了。

散会之后，院长单独叮嘱了丁冬几句话，眼看她就要跟着院长出去，冯升期期艾艾地喊了一声："冬冬。"

院长看看丁冬："认识冯医生？"

她不好含糊，只得点头："嗯，我师兄，以前读研的师兄。"

"哦，那么正好，你们年轻人有话聊，冯医生，"他招呼冯升，"你带着丁医生四处转转，她刚来。"

院长走后，两个人一前一后地在医院走廊里站住。

"没想到你会来这里，我记得你当初说什么都要留在协和。"冯升倚着栏杆打破沉默。

"医务工作者，到哪儿的使命都是救人，一样。"丁冬拨开额前的碎发，望向他的目光了然无波。

冯升有一瞬间是恼火的，她不会不知道他在这里，却当什么都没发生，陌生地跟他说什么使命之类的狗屁。

"你还真是好了伤疤忘了疼，丁冬，你又生龙活虎了是吧？"

冯升有些高昂的声调引得路过的小护士频频侧目，他自己也不好意思，还是捉住了她的目光沉声道，"脑外专家，嗯？你别能医不自医，跑这儿来做什么？一个女孩子，这里设施这么差，待遇又不好，你傻嘛！你要伟大要救人干脆去南非好了！"

丁冬短促地咳了一声，依然没有表情："冯师兄，我来这儿不是为了你，你大可不必这么愤愤不平。"

　　冯升也是一时气愤，怅然之中才惊觉他们分手已有四年。

　　"不管你为了什么，我希望你先爱护自己，医生不等于菩萨。"说完，他看了她一会儿转身走了。

　　丁冬见他走远了才敢把喉咙里痒痒的反应狠狠咳出来，谁说咳嗽忍不住的，她不就忍住了。

　　下午几个小护士叽叽喳喳地围在咨询台聊八卦，冯升路过时分明听见"丁冬"两个字，他放慢了脚步，却听不见她们说什么。

　　几个小护士见到他停住，以为他要发飙骂她们玩忽职守，正要开溜被他叫住："哪个是脑外的？"

　　其中一个哭丧着脸举手："我，冯医生，我这就走！"

　　"跟我进来。"语气不容商量。

　　他的办公室一向清冷，除了桌上那盆柚子长得有点热闹，上面用红丝线打满了手术结。

　　那是丁冬教他的，那时候他在协和附近有一套小公寓，他们成天忙着在实验室翻译文献，要么就是去协和模拟会诊，根本没时间布置房子，她手工特别好，家里好多小物什都是她亲手做的，抱枕啊、灯罩啊、相框啊，她居然还会扎染。

　　冯升看她献宝似的把扎染好的床单铺在床上说："等咱们结婚的时候我去染一套大红的！"

　　家里的小盆栽也都是她一手养出来的，她不爱花，单爱绿色的叶子植物，有一回冯升买回来一个柚子，吃完了她把核儿都收起来，用刀一个一个划开嵌进小花盆里，上面还盖了层沙石，没多久就冒了新芽出来，但是不开花，就只能长到一掌高，绿油油的，煞是好看。

每天她都往上面系个红丝线，还打成漂亮的手术结，冯升嗤笑她伪文艺，她反呛这是生活、这是细节。

冯升摸摸柚子叶，终于还是收起手插进口袋。

小护士战战兢兢地立在两尺远的地方，这个冯医生素来难缠，又酷又严厉，训哭小护士是常有的事，跟着他的小护士都被压迫得咬牙重拾书本考医师执照去了。

冯升敲敲桌子："不用紧张，不考你护理常识，我就问问你，冬……丁医生咳嗽好一点没有？"

小护士脑子瞬间宕机，支吾了半天才说："下午丁医生没有来，我不晓得啊……"

二

边城医院是隶属市区边城大学的附属医院，公立医院资源一向匮乏，医生的宿舍楼也是紧巴巴的，冯升一米八二的个子站在筒子楼里还是颇有压迫感的。

丁冬开门晾衣服时就看见他杵在楼道中间，大半边脸隐在午后的阳光里。

"找我？"丁冬捞起衣服一件件拧干，并不看他。

"开了几盒药给你，水土不服就别跟着他们吃食堂了，对面有南方菜馆。"

他把药放在水泥台上，帮着拧干衣服，晾衣绳有点高，冯升叫她回房去吃药，他把衣服仔细晾好。

楼下的阿姨伸出头喊："水滴到我们被子上了哎！"

他又一件件收回来再拧，身后有隐约的笑声，转头去看，丁冬抱着胳膊靠在门边看着他："我衣服被你拧坏了都，往里晾晾不就行了。"

宿舍里还什么都没有，她刚来，日常用品都没来得及去买，倒是在窗台上摆了几盆盆栽，柚子长得比他办公室里那盆还好。

冯升眉目含笑："大老远地还把这些都带来，你也不嫌烦。"

丁冬刚要顶他几句，手机响起来，小护士急匆匆地说："丁医生，急诊一个病人胃出血，你快来看看！"

丁冬赶紧过去。

急诊病房里只有一张床，上面躺着的男人还没有醒，丁冬口罩下面的嘴不自觉地啧啧几声，从前冯升老打趣自己不当医生了可以靠皮相吃饭，躺着的男人倒真的可以靠脸吃饭，那话怎么说来的——"远看像水墨画，近看像日本漫画"。

丁冬给他简单地检查了一下，开了几瓶药水，吩咐小护士一对一看护，药水要滴慢。

等到开完例会再回来时那位漫画先生还没走，四瓶中号药水还剩两瓶，人倒是醒了。

小护士一脸花痴相地坐在他对面，不知道在聊什么，小护士笑得花枝乱颤，看见丁冬进来赶紧站起来："丁医生，沈先生说他剩下的两瓶药水晚上再来输。"

丁冬打量他，醒过来人也精神了。

"胃还疼吗？有没有反胃想吐？"

她走近了才看见他眉角一道浅浅的疤，一直划进鬓发里，脸生得好看多道疤也不显得突兀，倒像唱京剧吊眉角的样子。

"不怎么疼了，我一会儿还有事，所以这药水能不能晚上再输，我保证来。"

丁冬最恼这些把事业看得比自己还重要的人，好像地球少了他们就转不起来一样。

"你应该要住院的，不过命是你自己的，你来不来跟我没有关系。"

她收好病历准备走，沈辉到底没忍住："丁冬，你把我忘得这么干净啊！"

她讶异地回头，从头到尾又看了一遍，确定自己并没有这么漂亮的男性朋友："对不起，你知道我名字，那么，我们哪里见过？"

沈辉笑起来，笑得满目生辉，连那道疤也生动起来："学医的果然都无情得可以，你小时候，我亲过你屁股，在老铺街，你小姑姑家里，想起来了吗？"

丁冬红着脸咳了半天，沈辉没想到她脸皮薄成这样，不好再打趣："我啊，真不记得了？你小姑姑逗你喊我沈光军的，再想想。"

三

童年那些提不上嘴的事潮水般涌出来，她记忆里确实有过一个叫沈光军的玩伴，那时候她还小，不认识辉字，小姑姑说那就叫他沈光军。

记忆中的沈光军哪有现在这么整齐，那时候他脏得跟叫花子一样，就喜欢亲女孩子，小姑姑一家住在地方税务局家属院，沈辉是为数不多的几个男孩子之一。

丁冬刚去小姑姑家，怯生得很，不怎么出门玩，有一天小姑姑在大客厅里给她搽痱子粉，刚要擦屁股，沈辉破门而入，脆生生地喊了一声姨。

小姑姑招呼他过来玩，趁着小姑姑去房里拿糖果的空当，他照着丁冬的小屁股就吧唧亲了一口，吓得丁冬哭得跟老巫婆要她命似的，后来不知道沈辉跟小姑姑怎么哄她的，第二天她就跟在雄赳赳的沈辉后面当跟班了，只玩了几天就被妈妈接回去，此后再也没有见过。

"我记起来了，沈光军，你比小时候好看太多。"丁冬说的是大实话，简直是云泥之别。

"别，你也女大十八变，我不还是一眼就认出来了。"沈辉俯身穿鞋，"冬冬妹妹，这药水我真的得晚上来输，你晚上在吧？"

"我在的，我值班，你确定没事吗？你病史挺长的还。"丁冬替他收好药水。

"又不是得癌，大老爷们儿哪儿那么娇气。"

"嗯，我确定你是沈光军了，说话总是这么口无遮拦。"

下班的时候几个小护士来叫她一块去食堂，丁冬想了想还是没有去，她问了值班的护士，冯升那台手术还没有结束，她一个人去了对面那家南方菜馆。

地方不大，很干净，墙上挂着好多当地名人的照片，竟然还有冯升的，穿着呢子大衣，没有看镜头，他一直都不愿意照相，没想到在这儿还是个名人。

服务员挺热情，一坐下就倒好大麦茶，丁冬点了个鱼香茄子煲、水晶咕噜肉、西红柿蛋汤。

他们读研的时候很少在家里开伙，多半是吃食堂，有时候会诊晚了，冯升总是带她去学校后街的馆子里撮一顿，他爱吃茄子煲，她爱吃咕噜肉，吃完了也没有什么余兴节目，散步走回去，路上比试背西药检索，谁输了谁洗衣服。

他们认识得没有戏剧性，是同学介绍的，恋爱的时候也没什么波折，两个都是稳重自持的人，等水到渠成，家里催着结婚了，冯升始终没有表态。

丁冬有两条路，公费出国和留任协和，她以为不管她做出什么选择，冯升都会陪着她，支持她。

毕业之后的第一个中秋节，丁冬没有回家陪父母，她特意做了一桌菜，红酒喝得差不多了，她说："我留在协和。"

她以为这样，他会跟她求婚，至少也会给个承诺。

冯升透过高脚杯有些茫然地看着她："冬冬，我决定去边城。"

他们和平分手。

服务员菜上得快，两菜一汤，卖相不错，她尝了一口咕噜肉，酸甜爽口，确实不错，大概是饭点，人挺多，老板让服务员把音响打开，边陲小镇的人哪里懂什么流行，尽是凤飞飞的老歌。

丁冬吃了两碗米饭才觉得有点撑，难得中间穿插了刘若英的歌。

起身结账，出门才想起来，那首歌是《原来你也在这里》

多年前的中秋节她也只有那么一个愿望，请允许我尘埃落定。

四

晚上丁冬值班，前台一个小护士崇拜她好久，缠着她问了半天医理，后来咨询台几个小护士干脆都跑进她办公室聊起八卦来。

护士甲："冯医生要是多笑笑就好了，不过酷酷的也蛮有杀伤力，你们不晓得，儿科那个作怪的赵静老拿眼睛勾他！"

护士乙："赵静还是好的了，高主任才恶心，一把年纪了不结婚，一见到冯医生就装纯情少女……"

护士丙："丁医生，你有对象了吗？"

丁冬讪讪地捧起水杯掩饰尴尬，叫她怎么说，说她跟冯医生有过一腿？说没有？她这个岁数说没男朋友以后简直不要出来混了，门口几声咳嗽，众人抬头去看，沈公子玉树临风地站在外面，淡笑着，长风衣搭在手臂上，那样子，颠倒众生，简直了！

丁冬不慌不忙地把下午的药水拿出来，给沈辉一对一陪护的那个小护士趁他们一走就尖叫起来："我要沉沦了啊！你们谁都不要跟我抢，让我溺死在他的笑容里吧……"

他也不挑剔，就在走廊的长椅上坐下："就在这儿吊呗，我看输液室里人蛮多。"

丁冬大步流星地朝住院部走："别说我给你开后门，走廊穿堂风太大，你不能受凉，现在有床位。"

沈辉三两步跟上她："小时候就知道跟我要糖吃，现在挺像那么回事儿啊，丁大医生。"

丁冬瞪了他一眼："吃饭了没，这药水空腹吊会胃酸。"

"没呢，这不是怕你等着急，下班就来了，酸得厉害吗？比喝醋还酸？"

她扑哧笑起来，为他那一脸小心翼翼求证的样子，也为这个多年不见依然自来熟的老友。

"嗯，比喝醋还酸，你先去那儿等着，我给你买点吃的来。"

沈辉接过药水："别弄甜的啊！"

这个点在城市里连晚上都不算，但是小镇的街道已经慢慢安静了，路边的馆子也都打烊了，她绕了好远才找到一家小店，打包了一碗馄饨。

沈辉果然又在逗小护士，见丁冬回来招手说："冬冬，快来看，这姑娘跟你一样，指头上一个螺纹都没有。"

丁冬没好气地哼了一声："你倒是记得清楚，赶紧吃了。"

沈辉乐呵呵地揭开碗盖，白白胖胖的小馄饨上漂了一层葱绿的蒜叶，他猜她大概真的忘了小时候同他一起玩的时光。

那次他不肯吃饭，因为菜里有蒜，被他妈妈追着打，后来还是分了她大半盒动物饼干吃才算填饱肚子。

丁冬见他不动："不爱吃啊？"

他只好捏着勺子一个一个舀起来，憋着呼吸，嚼都不嚼就咽下去，烫得心都疼了。

小护士从沈辉的媚术里醒过来，急忙汇报丁冬："冯医生去办公室找你来着，你不在，他说十点查完房再来。"

"知道了，你去输液室帮忙，我在这里就行了。"

小护士以为她要去跟冯医生碰头，结果这么就被打发了，心有不甘地瞅着正在跟馄饨天人交战的人："沈先生明天还来吗？"

沈辉朝丁冬努嘴："问她。"

小护士终于死心离开。

沈辉有些低烧，手上的筋都烧得细了，丁冬握住他的手拉到灯下，仔细地顺着静脉把针推进去，安顿好沈辉就去查房，一圈走下来出了一身汗，看看表，九点四十，她又绕回沈辉那里，他正在看文件。

"你该睡会儿，眼睛有血丝了都。"丁冬把体温计塞进他胳肢窝里，瞄见他手边的刑法书还有一叠卷宗，"你做律师了？"

沈辉啊了一声，看她疑惑的样子又说："来，我们聊聊，从我们小时候分别后开始聊。"

丁冬抽走他手里的水杯："那我再给你开几瓶水，咱们通宵。"

"歹毒。"

沈辉声音算不上淙淙动听，但是在这样寂静的晚上，听他讲一些有趣的事，声线偏低的音调还是挺像电台男播音员的。

"我大学司法考了三次才考过，后来想干脆不要做律师了，出国去玩儿了一阵回来，在税务局干了几个月法务，觉得没意思，那时候法律援助还没有普及，好多老百姓打不起官司，我一个哥们儿，自己有事务所，他关了，来了这里，干法律援助，压力太大，还有人报复，得了重度抑郁，就在你们院，自杀了，才三十一岁，他走之后我就来接手了。"

沈辉讲这些的时候依然是吊儿郎当的样子，丁冬却听得难过，律师也好，医生也好，其实都是服务业，都是为老百姓挣命，她也有手术失败病人死在手术台上的经历，那时候恨不得自己是大罗神仙，尽管病人家属通情达理，她还是背着心理包袱。

冯升说她太感性，可是这世上，除了生死，哪件不是小事，她就站在生死操纵台上，那么多人殷殷地期盼她能带来好消息，她不是怕自己招牌被砸，她怕对不起太多人的期望。

"你呢，我听小护士说你从协和调过来，不走了？"

丁冬耸耸肩："还没有那么远的打算，先待着，我觉得这儿挺好，没人送红包，我最怕处理这种尴尬的事。"

沈辉笑起来，这倒是真的，他还记得小时候，她最后一天在小姑姑家，几个玩熟了的小伙伴拉着她，有个小姑娘煽情地抱着她哭，求她务必要回来看她们，沈辉记得清楚，丁冬想回应小伙伴的期待，又不知道怎么办，脸都红了，她一向不怎么主动，说好听了是乖巧听话，说难听了就是木讷。

丁冬有些困乏，说了挺多话居然没有咳嗽，看来她也是雨打风吹都不怕了，还有一个多小时才有医生来接班，沈辉又在看卷宗，窗外树影斑驳，走廊偶尔有人走动。

五

丁冬睁着惺忪的睡眼，她有起床气，对弄醒她的人一肚子火："干吗啊！"

冯升无奈地替她擦掉嘴边的口水："你能不能懂点事，都交过秋了，早晚温差大，你还睡这儿，咳嗽好了？"

丁冬不理他，一扭头才看见沈辉不在了，自己身上倒还披着他的风衣："他人呢？"

"走了啊，自己病人在吊水，你倒好，蒙头大睡。"

丁冬烦躁地推开他："我还没给他拔针呢！"

冯升总算被她逗笑了："你这个要是认真追究起来算医疗事故，人家自己拔了，都一点多了，交接班的医生已经来了，快回去睡吧！"

她气恼地抓起风衣。

冯升一路跟着她到了宿舍，丁冬看见门口放着两壶开水瓶。

"我之前送来的，晚上没个热水不方便，快进去吧，我先走了。"

"冯升，你等一等。"丁冬把开水瓶放进屋里又出来，手里拿了个饭盒出来，"喏，分点给你科室同事吃。"

冯升接过来，是满满一盒炸蟛蜞。

他从前只知道螃蟹，但不知道南方产这种小小的螃蟹，丁冬管它叫蟛蜞，每年秋天她妈妈都会托人捎一大包给她，她前一天就用清水泡着，第二天炸得酥脆咸香，盛在饭盒里给他当小食。

冯升一个导师尝过一次之后无比羡慕他这个闷葫芦居然能找个这么上得了厅堂下得了厨房的女朋友。

一时间两个人都有点感慨，冯升伸出手抱住她："来了就好好的，我一定照顾好你，冬冬，咱们和好。"

丁冬闻着他身上熟悉的消毒水味道，轻轻地落泪，她等了他四年，实在等不下去了，来这里找他，爸爸妈妈劝她，领导劝她，同事劝她，她有那么好的前程，收入几乎是他在这里的三倍，追求她的人也不乏青年才俊。

老实说，她真的想过个几年，嫁个好人，安安稳稳，但是总觉得哪里不踏实，没有"冯升"这两个字到哪儿都不算尘埃落定。

"我来这里是想找你，见到了又觉得不如当初，大概是我太拧，冯升，我想你太久太久，久到已经忘了爱你的感觉，我们就这样吧。"

沈辉第二天没来医院，丁冬没有他的联系方式，只好在办公室干等，凌晨跟冯升在宿舍楼分开，回去眯了一会儿又爬起来写论文，顺手给沈辉写了张食疗清单。

昨天被沈辉说手指没螺纹的小护士经过办公室被她叫住。

"丁医生，有事吗？"

她觉得自己太唐突了，不好意思起来，想了半天还是问了句："27床的李小红刀口收血情况怎么样？"

中午在食堂打包了一份盖浇饭回宿舍，洗衣服的时候看见沈辉那件风衣，她摸了摸口袋，掏出来几张名片：法律援助律师，沈辉。下面印了一串号码。

沈辉接到丁冬电话的时候正在一个偏远村庄苦口婆心地劝证人出庭，信号不好，没说一会儿他就挂了，给她发了条短信："忙呢，晚上去找你。"

六

丁冬晚上轮休，不值班，她下班去了趟超市，买了点水果、日用品，结账的时候收银员看着七八瓶洗手液、消毒水，用理解万岁的眼神看着她说："是大医院的医生吧，医生都讲究这个，一天洗十来遍手！"

丁冬不好意思地搓搓手："有点儿，职业病。"

"你那是洁癖！"沈辉的声音插进来。

"你怎么在这儿啊？不是忙吗？"丁冬见他手里拎着两包速冻饺子，"晚上就吃这个对付？"

"要不然呢，你给我洗手做羹汤？"沈辉是逗她的，丁冬却当真起来，一板一眼地给他讲胃溃疡的病理病灶。

沈辉举手投降把饺子放回冷鲜柜："走吧大医生，晚饭你做主，你说吃什么我就吃什么。"

丁冬也还没来得及吃晚饭，理所当然带他去了那家南方菜馆，沈辉不客气地点了五六个菜，居然也点了道咕噜肉。

"你不是不吃甜食吗？"丁冬连着吃了两块咕噜肉，心情舒畅了不少。

沈辉没好气地拍掉她又伸过来的筷子："小没良心的，你小姑姑拿手菜，我到现在都记得你见到这玩意儿两眼冒绿光的德行。"

她撇撇嘴，这个沈辉，他们有快二十年没见，小时候也不过在一块儿玩了几天，他记得她好多好多不可思议的小事，而她差不多都忘了，丁冬内疚起来，觉得自己又辜负别人的热情跟期待了。

突然想起来那张食疗清单，她赶紧掏出来："这个给你，三餐照着这个吃，养胃的。"

沈辉接过去看了一眼，折好放进口袋："你也不是完全没反应嘛，是不是觉得别人对你好、对你热情让你很尴尬？"

丁冬一口花菜卡在喉咙，囫囵咽下去："我脸上写着'尴尬'俩字儿了？"

沈辉夹了个鸡腿给她："哪儿能只有脸上写啊，看这里看这里，到处都写着'我很别扭，请勿靠近'。"

丁冬有点泄气，埋头啃鸡腿。

"冬冬，我知道你，内向，你跟你小姑姑都不怎么亲，别人有时候对你好，没有想过一定要你回应的，但是你别太端着啊，这样别人就觉得这姑娘怎么这么硌人，这是性格使然，叫你改也不太可能，你对我客气见外我自然无所谓了，你想想你以后处了对象……"

他瞄了她一眼，见她没反应又继续说，"他把百分之一百二的精力都花在你身上，你却跟化骨绵掌一样，软硬没用，那他多没劲啊，你们这样的，说好听了是冰山美人，说难听了叫不解风情、无趣，知道吧，男人不会喜欢的。"

丁冬吐了块鸡骨头出来，边嚼边拿眼斜他："沈大状口齿伶俐，条理清晰，思路明确，句句见血，不愧是法界精英，我怕我跟你热情了你会后悔今天说的这番话。"

沈辉不以为然："那就试试呗，不觉得委屈，做我女朋友啊！"

丁冬每次觉得这人的下限已经接近边缘的时候他总是会刷新自己的纪录，他们才见了几次面啊，那大概就是吃饱了撑的。

七

丁冬出门的时候特意包了头巾，戴了口罩，她今天要跟着防疫组去各个村庄给小朋友打预防针，院长本身是有个小手术给她的，无奈昨晚梦了一夜被沈辉追着打的诡异噩梦，她怕自己操不稳手术刀，坚持要去做防疫。

打完了小北村准备去下一站的时候村主任喊住他们："领导！村上几个浑球把人家大律师打了，在村支书家里绑着不让走，你们快去劝劝！"丁冬下意识觉得那人是沈辉。

到了村支书家，村主任吆喝了一声："胡三儿，快开门，领导来了！"在纯朴善良的老百姓眼里，并不能区分领导跟普通人，他们觉得有文化的，开着小车，穿得干净体面的，都是领导，都能指挥他们。

开门的是个满脸横相的小矮个儿，倒是挺壮实，见到村主任跟防疫组一行人有些吃不准，只好把门打开，手里却一直握着门闩。

丁冬一眼就看见倒在屋子中央的沈辉，身上全是泥巴，被五花大绑起来，下巴上拉了一条口子，还在渗血，裤脚也被撕破了。

她冲了进去蹲在他身边："你们干什么呢，这是犯法的，知道吗？他是律师！"

沈辉吃力地抬眼看见来人，又放心地闭上眼睛，丁冬以为他伤得严重，赶紧替他松绑，屋里一个上了年纪的老头跺了一脚："不行，不能放他走，他要抓苗家的姑娘，还给她画押了，这孙子不是个好东西！"

丁冬摘下头巾替他擦干净脸上的泥巴："该，让你当菩萨，死了连烧香的人都没有！你倒是快解释解释啊，人家不放你走啦！"

沈辉握住她的手，对她摇头："苗小妹被人强奸，疑犯还偷走了她结婚的嫁妆，是她上中学的弟弟找我报案的，我来了四五趟，回回都被她家里人赶出来，这回苗小妹自己想通了，我给她写了状纸，她自愿画押了，我要她后天出庭，结果就成这样了，女人失节在这种闭塞的边城是比杀人放火都厉害的罪，他们这儿有他们自己的规则，我算是野蛮入侵了。"

一屋子的人虎视眈眈地盯着沈辉，幸好防疫组的一个同事认识镇上公检法的二把手，没多久那人派了辆车来，把闹事的都带走了，这才算完事。

打完疫苗天已经黑了，沈辉一言不发地跟着他们上了医院的车。一路上他都攥着丁冬的手，丁冬没挣开，她能感觉到他那种无力的情绪，因为他的手一直是凉的。

丁冬替沈辉洗了伤口，打了破伤风，坐着陪他发了会儿呆，直到小护士通知她32床的病人吐血。

32床的夏老爹是冯升的病人，冯升一早就去了县城做报告，这会儿能坐镇的也只有丁冬这个专家了。

丁冬看了他的病历，胃癌晚期，已经切除百分之七十，现在肝转移，并且发现幽门阻塞，上食道口破裂导致吐血，人已经神志不清了，嘴巴上咬得都是坑。

"你去把高主任叫来。"丁冬眼睛有一些胀痛，她知道这里做不了DC-CIK（生物免疫疗法），也不能再给病人手术，唯一的办法是转到大医院，像协和那样的大医院，至少还能保几天。

转身擦眼泪的时候看见沈辉站在外面，她眼泪落得更厉害，沈辉一瘸一拐地进来，抬起右手，疼得抽气，又抬左手，还好没受伤，轻轻抱住她："别哭，生死有命，你只要尽力了就不要自责，这世上你不能挽救的人太多太多，就像我，我也帮不了苗小妹，帮不了很多受害人，但是我知道，我们都把自己能做的，甚至能力之外的事都撑着做了，哪怕没有结果，冬冬，你为他流眼泪，他也不会走得很孤单的。"

高燕萍进来的时候丁冬已经神色自然了，只是眼睛有点红。

"给他打一针哌替啶吧，他疼得厉害。"

高燕萍点点头："通知他家里人没有？下病危通知吧。"

丁冬看看沈辉："你先去我办公室，我忙完就过去。"

沈辉拍拍她的脸才离开，高燕萍一脸了然的样子："男朋友？那几个没长眼的丫头非说冯医生追你，我就说嘛，你才来，那个闷葫芦哪会这么主动。"

丁冬闻言，连应她一声的意思都没有，小护士配好药，她亲自给夏老爹注射了，瘦骨嶙峋的腕子握在她手里好像随时都会结冰，然后碎成一片片的，救得活病人的时候她无比自豪自己选了这个职业，不得不放弃病人的时候，她甚至痛恨这个残忍的职业。

八

夏老爹没能熬过去，当天晚上就走了。

处理完后续事宜丁冬请了一天假闷在宿舍看《黄帝内经》，《灵枢》在协和那阵子就看完了，《素问》翻了一两页觉得枯燥，也只有心情不好、睡不着的时候拿出来看看，催眠效果真是不错，只是今天已经看了好几章依然没有睡意，索性泡了杯浓茶坐在窗前抄书。

冯升在窗边站了好一会儿她都没发现，他只好敲敲窗子，见她一脸受惊茫然的样子觉得全天下的女孩子也只有她是最好最好的。

他从县城一回来就知道夏老爹去世了，怕她有心理包袱，他知道丁冬一向害怕面对死亡，病人的死亡，她无法挽回的死亡。

"你都知道了？"她倒了杯水给他。

"要不然呢，放你一个人在这钻牛角尖？你啊，有了医生的技术，却不懂医生的艺术，大自然每天都在新旧交替，你自己每天也要新陈代谢，心态放平常一点，给自己套个枷锁算什么呢。"他把从县城买的一套香薰搁在桌上，"这个对失眠效果不错，你一会儿试试，别靠太近，我怕成分太重，伤呼吸道。"

丁冬拆开包装纸，精致的玻璃倒扣灯罩造型的香薰炉，还有一瓶精油，没打开就闻见淡淡的薰衣草香味了。

"以前也没见你买礼物这么花心思，岁数大了，懂事了。"她收好东西，不忘揶揄冯升。

"能斗嘴了估计好得差不多了，怎么样，陪我去吃点夜宵？"

"这儿八点就没什么店还开着了，哪儿来的夜宵！"

丁冬不知道快十点了竟然还有这么好吃的红糖饼摊子在街上，冯升买了一摞饼子，烫得几乎拿不住，卖饼的婆婆抽了条毛巾给他们包起来，丁冬又塞给婆婆十块钱，两个人抱着满怀的饼子在街上溜达。

她咬开脆脆的面皮，里面刷了一层厚厚的红糖，甜腻腻的，还能闻到一点焦糖的味道，香得不得了。

冯升又递给她一个："吃饱了就回去睡觉，明天精神抖擞地上班，多好，非得把自己弄得跟林妹妹葬花一样。"

两个人走一路吃一路，到了宿舍楼地下赫然看见沈公子歪歪扭扭地蹲在地上扒拉石子儿玩。

九

沈辉看见他们俩走近了，一人手里捏着块烧饼，他起身有点猛，受伤的腿一抽一抽地疼，退了好几步才站稳。

丁冬赶紧上去拉住他："哪儿又不舒服了啊？我看看。"说着就要去摸他的额头，沈辉一歪脖子避过去了："我还没吃饭呢，刚搞完一个案子。"

"你当自己是王进喜啊，喏，吃点饼，先垫垫，我宿舍还有食材，我给你做点现成的。"

沈辉终于被哄得通体舒畅，扭脸看看一直站在一边的冯升，天太黑，不怎么瞧得清他的神情，他嗨嗨瑟瑟伸出一只手："你好，沈辉。"

冯升眯眼看了他一会儿才开口："没手了，冯升。"

沈辉在心里腹诽了一声：小气的男人。

两个大老爷们儿往十几平方米的小宿舍里一站，登时挤得都转不开身了。丁冬洗了手开始和面。

"沈辉，你不吃大蒜是不是？"

那天沈辉从病房走了，她收拾柜子上的馄饨碗，看见里面的蒜叶整整齐齐地码在碗边，一点边边都没咬。

"现在才想起来啊，你知道我那天被你一碗馄饨吃得差点跳起来嘛！"沈辉说完又对冯升笑笑，"从小就不爱，没办法，冯医生吃吗？你吃的话，叫冬冬单独给你弄啊！"

冯升从进屋一直都没有说话，他从来不知道丁冬有这样一个异性朋友，心里有些不舒服："不碍事，我不挑食，冬冬做什么我都爱吃。"他不动声色地扳回一城。

丁冬搓了一锅玉米白面圆子，盛了一大碗给沈辉，又加了点香油跟芝麻，顿时香气四溢："面食养胃，你得多吃。"

沈辉不顾刚起锅的滚烫，咬了一大口："给满分！"

丁冬又把剩下的圆子都沥干水过了一遍油，炸得金黄俏皮，盛在饭盒里用布包好："冯升，一会儿你带回去，明早上锅里热一下当早饭，晚上就别吃了，吃了饼又吃这个容易积食。"

冯升总算有了点笑意："好，那我先回去了，明天还有一台手术，你早点休息。"

送走冯升，屋里就剩下他们两个人，沈辉呼哧呼哧地喝汤，丁冬坐在窗边看书，两个人都没有说话，喝一碗汤的工夫也就三五分钟，沈辉不好老赖着不走，终于还是起身准备回去。

"你早点睡觉，别熏那个劳什子的东西，想想开心的事，想累了就能睡着了。"

丁冬替他开门："我知道，我是医生好不好，你管好你自己，下回再不按时吃饭我就拿手术刀好好治你！"

沈辉嬉皮笑脸地看着她："这么关心我？爱上我了？"

丁冬差点被自己口水呛到："你胡说八道什么！"

沈辉笑嘻嘻地挨着她："干吗这么不乐意，那个冯升有什么好，你们不是都分道扬镳了嘛，他看见情敌了都不上火，温温吞吞的，没劲。"

丁冬真低估了他的眼力："那也轮不到你，我跟你很熟吗？我好歹跟他恋爱过，三年呢！"

沈辉扳过她的脸，对着她的脑门响亮地亲了一口："我亲过你屁股，亲过你脑门儿，你要再不从我，我亲遍你全身！"

丁冬呕得要吐血："你这是流氓！"她狠狠地擦了擦额头，眼里都快挤出眼泪了。

沈辉见好就收，松松地搂住她："好好好，我流氓，我不逼你还不行嘛，按流程来追你，行了吧！"

丁冬瓮声瓮气地哼了一声，又极不甘心地问："你什么时候存这个心思的？小时候，还是在这里见到我的时候？"

沈辉不说是情场老手，也算是万花丛中过，片叶不沾身的主了，这个问题很早之前就有好几个小姑娘眉目含羞地问过，他当时都是统一答案："我对你一见钟情，二见倾心，再也别有三见了，我怕自己控制不住感情。"

不出意外，小姑娘第二天有的甚至立时就乖乖送上香吻了，但是丁冬不同，她不是那些逢场作戏的女孩子，她认真、别扭、拧巴、爱钻牛角尖。

沈辉小的时候就特别稀罕她那股子清高里掺点小自卑的矛盾气质，虽然那时候他还不会这么形容，在后来的十几年里，他还好几次梦见过她，为她大半夜起来换内裤。

在边城看见她的时候，他是在等她过来，过来认出他，结果这丫头根本早就忘了他。他不是没想过这么多年她很可能已经有了伴侣甚至早已嫁作人妇，但是心里那一撮小火苗还是自顾自地烧起来，沈辉在感情上从来不是自持的人，看上了就在一起，没感觉了就分开，他一直都随性得很，只是这一次，他少有地循序渐进，丁冬是他真真切切想要拴住的女孩儿。

"我说小时候你肯定不信，其实都不是，我一个人的时候常常会想起你，你离开大院之后我还问你小姑姑要了你一张照片呢，我带着它去过很多地方。冬冬，我从来没有忘记过你，别问我理由，没有理由，或者这是一种阈下记忆，你没嫁人，我没娶亲，我们还有过一段童年的相处，我觉得这样就够了，够我喜欢上你，不掺任何目的，只是单纯地想跟你在一起。"

丁冬又茫然了，理所当然也失眠了，尽管薰衣草的味道铺天盖地，来势汹汹。

✚

这几年流窜到边城的人贩子特别多，这里穷，好多适婚的男人都娶不上亲，家里有姑娘多是把姑娘送去城外了，久了这里的男人也愿意花个八千一万的从人贩子那儿买个媳妇儿。

沈辉刚来这里的时候救下一个被拐卖的姑娘。

那天他开车去汽车站办事，碰上几个人贩子，被拐的女孩儿一看就是喂了药的，沈辉打了110，警察来得有点慢，只抓住两个，跑了三个，好在姑娘被救下了。

沈辉怎么也没想到会被那三个漏网的人贩子报复。

刀子扎进他腹部的时候他差几十米就到医院了，丁冬一大早就催他去医院上药油，他难得放下卷宗缠着她讲了好久的电话，答应一下班就去，下班了还是没去成，一桩刑事案被打成民事案，他忙得焦头烂额，晚上九点多才急匆匆往医院赶，走了一半又折回去给丁冬买了几盘轻音乐的CD，他失去意识前愤愤地骂了句："×，割坏老子的CD了！"

丁冬手有点抖，冯升替她摘下口罩："还是我去吧，你情绪不稳定，放心，没事的。"

"不不不，我要救他，我自己救他。"她鞋子上还沾着沈辉的血，就那么一眼，她差点哭出来。

明明才分开一天，他怎么就这样了。

明明才重逢几天，他怎么就这样了。

腹部被扎了一刀，伤口太深，已经伤了脾脏，他揣在怀里的CD盒里全是血，丁冬把它们拿出来，没有理由，她笃定这些CD是要送给她的。

丁冬梦见被沈辉追着打的那天晚上，其实还梦见了别的，梦见他们小时候的事，她偷偷喜欢过沈辉，只是当时太小，哪里懂什么喜欢不喜欢，只知道自己特别愿意跟在他后面疯。

她梦见小姑姑不让她吃糖，因为她换牙，她央求沈辉，辉哥辉哥地叫个没完，沈辉只肯给她一小块麦芽糖，吃完还看着她刷牙。

她梦见沈辉去小姑姑家里找她玩，她刚尿了床，缩在被窝里怎么都不肯出来，沈辉凑近了一闻，笑嘻嘻地说："哟，发大水啦！"然后猛地抽掉她的被子，他替她换了裤子，那个时候他也就十岁。

丁冬后来想，也许她就是喜欢那个十岁的人，不管时光怎么走，他在她心里始终鲜亮、生动如初。

沈辉的脾脏被切了一部分，转入ICU后他家里派人来接他。

丁冬没有去送沈辉，她心里想，他还没醒，这样走了也好，要是醒了说不定死活就不走了，他要是不走，我第一句该跟他说什么，我做你女朋友？不好不好，还是走了好。

冯升在医院极少能碰见丁冬了，有几次他刻意去堵她，谈不上几句话她就匆匆地走了，他知道丁冬终于从"冯升"这两个字里看见别人了，她的世界里不再只有他。

十一

丁冬来边城第二年才接手一个脑挫伤的病患，病人在手术后吐了好几次，应该是蛛网膜下腔出血了，折腾到半夜总算稳定，她不敢大意，特意跟另一个医生轮流值班，就怕病人颅内血肿。

天快亮的时候隐约听见咨询台有笑声，丁冬用凉水洗了把脸，冻得她浑身都打了个冷战。

边城的冬天特别冷，医院只有病房安了暖气，她把怀里的热水袋倒了重新灌了开水，一开门才看见外面一层皑皑的白雪，怪不得这样冷，第一场雪来得真早，上早班的小护士礼貌地跟她问好，她点点头，朝咨询台那儿看。

沈辉一本正经地跟小护士说："我跟你说啊，要想今年嫁出去，你千万得在家里摆上桃花阵，桃花阵你懂吗？"

小护士摇头，沈辉拿着笔在纸上画了张床："看着啊，这里要放粉水晶，这儿最好能摆个桃木剑，去寺里求个姻缘符挂在这里。"

小护士像得了宝似的从病历上撕下纸叫他再讲讲怎么打小人。

丁冬站在他身后，他只穿了件羽绒夹克，围巾都没有围，一只手压在肚子上，一只手在小护士手上画来画去。

她眼睛有点涩涩的，把热水袋从后面塞进他怀里，沈辉扭过头来，有一瞬间的愣怔，很快就弯着眼睛把她搂进怀里对小护士说："我媳妇儿，快三十了没对象，我教她摆桃花阵，这不，立马钓上我，倍儿灵！"

小护士嘴巴都快能吞个鸡蛋："丁医生是您太太啊，她不是……"

"嘿，她脸皮薄，我们俩隐婚，现在都流行这个，是吧，媳妇儿？"

丁冬看着他眉角那道浅浅的疤，她应该记得那道疤的，那是她弄的，沈辉替她掏鸟蛋，她在树底下大呼小叫说他妈妈回来了，其实是吓他的，沈辉没稳住脚摔了下来，三米多高的树，好在下面有一个干草垛，没怎么伤着，就是眉角那儿留了一道永远的疤。

"你要注意保暖，开过刀了免疫力不太好的晓得吧！"丁冬把自己的大红围巾绕在他脖子上，还挺精神，她笑起来。

"这么高兴啊，有那么好吗，我要是不来你会不会去找我啊？"沈辉下巴搁在她头顶，有一下没一下地亲着。

"嗯，去。"

"我打动你了？"

"小时候的你打动我了。"她睁着亮晶晶的眼睛看他。

沈辉抿着嘴笑："喜欢我了？"

"喜欢啊，小时候的你。"什么小时候不小时候的，不都是一个人嘛。

"丁医生啊，你拐着弯儿跟我表白，我还是挺受用的。"

文——孙衍

薇薇安的戒指

薇薇安赶到油麻地邮局的时候，才发现时间太早了。她一边左顾右盼，一边用左手不停地去拨弄右手上的戒指。那是一枚Agnes.b的心形戒指，心的两翼是一双翅膀。她准备把这枚戒指寄出去，以了却一段情缘。

清晨的路上行人很少，只有一只流浪猫在邮局的门口蹲着，忽闪着一双眼睛，可怜巴巴地看着薇薇安。薇薇安从包里掏出吃剩一半的面包，捏成一块块碎片放到流浪猫的面前，说："吃吧吃吧，My Lens！"

当她说完这句话的时候，身子跟着蹲了下来，眼泪不由自主地扑簌而出。

不知道过了多久，耳边响起人群嘈杂的声音，脚步细碎的声音，车辆急驶的声音。薇薇安抬起头，才发现邮局的门已经打开，旁边站满了人，流浪猫早已不知去向。

薇薇安来到寄信平台前，取了一封信笺准备写地址和收信人。

当她写完"Lens"，想继续写地址时，才发觉自己根本记不起对方的地址了。

薇薇安傻傻地站在那里，回忆这些年去过的地方，北京、上海、厦门、大理、台北、基隆……她跟随那个叫Lens的男人去了无数个城市，却没有一个城市是真正可以留下来的。对，他们就像那只流浪猫，四处流浪，走遍了大半个中国，却没走到那个应该属于自己的家。

没有家，又哪来的地址呢？

她多爱北京啊，她还记得自己刚到北京的时候，站在偌大的天安门广场上，心想世界上怎么会有这么大的广场啊，长期生活在空间逼仄的香港，简直难以想象。

当薇薇安来到798艺术区的时候，就感觉到更加不可思议了，竟然会有这么大一片供艺术工作者创作的地方，竟然有这么多人在这里举行艺术交流活动。

薇薇安就是在这里认识Lens的。当时，Lens在帮一个朋友策划一场艺术品展览，薇薇安走进去的时候，Lens正在一幅巨大的画作前沉思。薇薇安边走边看，并没注意到Lens的存在，一下就撞在了Lens身上。当薇薇安连声说sorry的时候，Lens很绅士地递过来一张纸巾，说："快擦擦，我身上都是灰，肯定弄脏你了。"

薇薇安看见Lens满头大汗的样子笑了，说："没关系的，这些画的主人是您吗？"

这是她第一次用"您"这个称呼，显得极其生涩拗口。

Lens没有回答她，反问道："你是香港人？"

薇薇安点点头，很讶异对方竟然能听出自己从哪里来。

"你是第一个来看展览的人。"Lens说着将伸出的手又缩了回去，在衣服上擦了擦才伸了过来，说，"非常欢迎你。"

薇薇安看过去的时候，发现Lens的眼睛里有光，这种光是久违的，是在香港那样的城市里非常稀有的。

那是一种什么光，她自己也说不上来。但正是Lens眼里的光让薇薇安决定留下来，留在这个处处充满惊喜和意外的地方，为了这个眼里有光的男人。

那时候薇薇安刚从香港中文大学研究生毕业，就在同时收到几份Offer时，她毅然决定北上看看，她不想在逼仄的香港荒废自己的文学梦想。

她先是去了上海，去看偶像张爱玲的故居，去了1984书店，去了思南公馆和老麦咖啡馆，又去吃了上海最有名的南翔小笼包。

当她继续北上的时候，已经是秋天的光景了，北方空旷的原野和高远的天空让她惊诧，特别是当她抵达北京后，才发现自己从前的认识有了颠覆性的改变。

认识Lens后，她决定留下和Lens一起布展，一起去书店和文创场所做文化交流活动。因此她也结识了很多内地和台湾的文化人，扮演起内地、香港、台湾的文化使者，薇薇安感觉到自己沉寂已久的文学梦想从此复苏了。

直到有一天，Lens说："薇薇安，我们去上海吧，那里有几个朋友想一起众筹做一个书店，我们可以把各自认识的文化圈大佬都拉过去做讲座。"

薇薇安听到这个提议时，兴奋得从沙发上跳了起来，说："这正是我一直想做而没法做到的呢。"

Lens说："突然好饿啊，想吃下一头猪。"

薇薇安跳起来一把按住Lens，说："面包会有的，猪也会有的。"薇薇安将一片抹茶起司塞进Lens的口中，"来，吃吧吃吧，My Lens。"

到上海后，Lens全力以赴去谈书店的事了，薇薇安乐得清闲自在，便又重访张爱玲故居，看到墙上张爱玲的画像，想起张爱玲从上海辗转到香港，说过一句话："乱世里的人，没有家。"其实，流浪的人也一样，流浪得久了，自然想有个家。

回去后，她对Lens说："让我帮你好吗？我不想让你这么辛苦。"

Lens说："你好好的在这里就好了，就是对我最大的帮助，明天我们一起去世博会好不好？"

"世博会？"薇薇安瞪大了眼睛。

Lens说："对，上海正在举办世博会，我要在那里给你一个惊喜。"

第二天一早，薇薇安跟着Lens到了世博会园区，发现那里早已人山人海，薇薇安心想，难道这就是Lens所说的惊喜？正当薇薇安疑惑不解的时候，突然人群中的一部分人朝自己这边拥过来，有的手捧鲜花，有的手牵气球，有的扛着摄像机，他们前呼后拥着一个着西装的男子。

薇薇安仔细一看，竟然是Lens，Lens接过旁边一个女孩手中的鲜花，单膝跪地，将鲜花双手献给薇薇安。薇薇安微笑着接过来。Lens又从怀里掏出一只精致的小盒子，手指一弹，啪的一声，展现在薇薇安面前的是一枚戒指，一枚心形戒指，伸展的两翼好像要振翅欲飞的样子。虽然不是钻戒，但足以让薇薇安惊喜不已。

闪光灯相继亮起，晃得薇薇安以为身在梦境中。

等她缓过来的时候，他们已经回到了书店的筹备现场。Lens指着即将完工的书店，说："薇薇安，这是我送给你的订婚礼物。"

薇薇安简直不敢相信眼前的一切，米白色的书架上面摆满了自己喜欢的书，不远处的收银台做成了咖啡吧，Blues音乐在头顶盘旋……就在薇薇安沉浸在幸福之中无法自拔时，门口响起一阵纷乱的声音。一群警察冲了进来，将Lens团团围住，并亮出一张盖了章的纸，对Lens说："你被逮捕了。"

薇薇安还没有反应过来，Lens已经被反押着出了门。薇薇安想追出门去问个究竟，才发现自己双腿发软，连一步都没法移动。

后来，薇薇安知道Lens做这家书店是非法集资，很多所谓的股东其实是因为Lens的说服而借钱给他，并非投资，而现在这些人都因为追债未果纷纷以诈骗罪起诉了他。

没有了Lens，薇薇安一时失魂落魄，不知道该往哪里去，她从淮海西路一直走，直到走到外滩的黄浦江边，她才停下来。一路上，她都在思考，是不是自己做错了什么，是不是自己的"贪心"害了Lens，还是就不应该开始这段草率的感情。

回到香港，薇薇安思前想后，想要给这段感情做一个了结，当她写好姓名，却再也想不起他们一起住过的地方，因为实在太多了，他们在那么短的时间辗转迁徙的地方却不下三十处，跨越十几个城市。

薇薇安把信笺折起来扔进了脚边的纸篓里，跌跌撞撞地走了出去。

到了门前，她感觉脚下踩到了什么，软绵绵的，薇薇安下意识地往后退去，却发现刚才那只流浪猫又出现了，因为挨了薇薇安一脚，迅速地窜了出去，嘴里正衔着薇薇安的那枚心形戒指。

文
——
雏田

酒店
爱情

一

　　她生活匆忙，每天早晨和夜晚奔波在繁忙的一号线上。拥挤的人潮，没有表情地擦肩而过，还有无数关于梦想的渴望。她是这个一号线的普通姑娘，却又和别的姑娘不同。

　　他因为工作的原因总是在深夜下班。他总是错过晚高峰和早高峰的地铁。他没有"享受"过北京最拥挤的时间。他路过的是无数加班赶点辛苦熬夜的路人甲。他也是深夜党普通的一员。

二

他们相遇在某社交网站。简单地交换信息，说明来意。达成共识。他们约了。

他们约在一家酒店。窗外是层层的高楼。第一次见面，彼此拘谨。她说，我们不要互相问姓名，不要问工作，什么都不要问。我们就做爱吧。单纯地享受这样的夜晚。好吗？

"好。"

他们享受这样的夜晚，有时候他们会排练新的姿势；有时候就是安静地抱着睡觉；有时候也会选择一起洗澡。所有荷尔蒙激励下的欲望，在美妙的夜里舒展开来。他们就像深夜乘着南瓜车出现的精灵，在天亮的时候重新回到拥挤的地铁中、杂乱的格子间。

他们只约在酒店。从未靠近过彼此真实的生活。因为起先的约定，他们熟知的就是彼此的一张身份证，还有唯一的一个通信软件。除此之外，再无其他。如果非要再有，就是彼此和谐，匹配适当。

夜晚的盛会，最开始是一月一次。回到现实工作中的她总是在忙碌的工作日忘记他的存在。可每次到达酒店，那种想要和他融为一体的感觉就分外强烈。他们迫不及待地重复爱的欢愉，野性的放荡。酒店就像盛大的成人游乐场。满足了所有大龄儿童更高级关于快乐的追求。

半年之后，约会从一月一次，升级成了一月两次。他感觉自己有些迷失在了酒店煞白的床单里。他会在地铁翻看小说的时候想起她。想起和她一起的短暂而又美好的夜晚。甚至好多次，他想要破坏规则，问问她住在哪里，或者下班有没有时间，哪怕看个电影也好。

她不敢确定自己内心的声音。她暗示自己，一定是幻觉。如果我有了男朋友，我马上就会结束这段关系。而且我是不是该找对象了。最近有人追，为什么不试试呢？没准比他更好。也许不用辗转三站地铁花费一个小时去到那家酒店了。可是朋友介绍来合适的男生，约了见面，一个小时的交谈漫长得像人鱼公主长出双脚走在王子的夹板上。钻心的痛感，却强颜欢笑。她确实想他了。她开始算着日子，甚至在手机上记录了倒计时。等着伊甸园时刻的降临。

她不承认自己爱上了他。她无数次怀疑自己这是做爱产生的幻觉。

约会的频次没有再增加。保持一月两次的时间和空间距离。转眼一年。

三

情人节。

这个日子到来前，她就开始纠结，反正我没有男朋友，一起过个情人节也不过分啊。那这次的日子提前一天不可以吗？不碍事吧，我们好像都从未给彼此提过要求吧。第一次说应该可以同意吧。

他知道按照约会的排期，刚好是情人节之后的一天一起去酒店。这天有很重要的事情要做。这是生命中除了和她做爱更重要的事情。他做好了所有的准备。他想要在明天到来之前，把这件事做好。他想结束酒店的夜晚。他受够了冰凉的白得晃眼的床单还有浴室里挂着的带有消毒水味道的浴巾。

"情人节快乐，我们今天可以一起吗？我明天出差。"她耍了一个小小的心机。点击发送。

正在整理打包杂物的他，看到她发来的消息。

"今天不行了，我今天搬家，而且有很重要的事处理，你忙吧。"点击发送。

她收到回复，心想，也许就是很忙吧，也许就是换房吧，也许真是有约呢。算了吧。我们共同的世界本来也就只在酒店而已。何必去要求什么。这还不够吗？

不够。是的。她爱上了他。爱上了除肉体欢愉以外的灵魂。

孤单的情人节夜晚，她拒绝了闺密的情人节单身聚会的邀请。躲在家里，她翻开那条聊天记录。

"我明天不出差了。明天我们酒店见。"点击发送。

"明晚见。情人节快乐。"

她决定明天表白。告诉他，她爱上了他。不管怎么样，她都要说出这句话。她想结束酒店的夜晚。她受够了酒店沾着烟灰的地毯，还有劣质的洗发水的味道。

四

一阵血雨腥风，飞檐走壁，云山雾绕。他们抱在一起，睡着了。她几次想要说出口的话，决定放在明早分别前的告别里。

一睁眼，已经早上十点。他坐起来走到床边，抽烟。他以为她没有醒。怕吵到她，打火机按下去的节奏都小心翼翼。

"我一直没谈恋爱，你觉得我怎么样，不如我们在一起试试吧。"

"我，结婚了……"

这句话穿过了她的耳朵，直击心脏。她来不及反应，胸口瞬间重石压顶。是的，她曾经一度设想各种以后，那些在心里计划过的小九九。就像每次路过临街的店铺，透过橱窗看到穿在模特身上的裙子。每次都想要走进去，哪怕只是试试。曾幻想过无数次自己拥有过它的样子，穿在身上，裙摆顺着风旋转散开飞舞。攒够了勇气，小心翼翼，推门的时候，发现已经被买走。

她脸色煞白，冰凉的手心就在这十几秒的时间里所有的汗孔都张开，渗透出冰凉的汗渍。她不知道该怎样继续对话，她在心里使劲地安慰自己，没关系，没关系的，你们本来就没什么关系。她看了一眼背对着她坐在床边抽烟的他。坐起来，然后按照往常的习惯，压了压声音说："我去洗澡，请你收拾一下，等下该退房了。"

她撩起被子，准备下床。他拧灭了烟蒂，从床尾转过身，一个挺步，把她摁倒在枕头上。她挣扎着想要重新坐起来，她想彻底结束这段关系了，她心里想这必须是最后一次，这毒瘾在今天必须戒掉了。

她拧动着身子，想要把他从身上掀开。他按着她的胳膊，撩开遮挡在耳边的头发，侧过头，轻轻地搭在她耳边，说："我昨天离婚了。"

五

这一次，她觉得自己没听清楚。她怀疑自己是不是听错了，又或者只是他哄自己呢。她别过头，短短的两句话，疾风骤雨，第一句从幻想的天堂坠入了道义谴责的深渊。后一句又反弹出靠近天堂的高度。她默不作声，使出最大的力气，从他身下挣扎出来，迅速地下了床。她要走，此刻就走。她再也不想住酒店。她责怪自己太天真。

冬天的北京，寒冷干燥。窗外大风裹着雾霾，像此刻她的心情，慌乱得不知道该往哪儿走。内衣、裤子、衬衣，一件件从沙发上拎起，抖到床边。

他看着她不知是慌张还是愤怒的脸，也突然间不知如何是好了。他起身从包里拿出一个红色的本，是离婚证。绕过她散落在侧肩的头发，递到她眼前。

"我真的离婚了。就在昨天。我其实……今天……想告诉你的。"

"我刚坐在床边就想抽完那支烟就告诉你……"

"不是你的原因。我们一年前就打算离婚。"

"我前妻，出国很久了，前几天回国出差，昨天抽出时间专门为了这事。"

"昨天我整理了我的东西，搬了新家。"

……屋子里死一般地寂静，她呆呆地站着。眼泪如闷雷后的大雨，倾泻而出。她抄起纸抽，想要忍住流下的眼泪，可泪越流越多，他慌张得一边帮她擦眼泪，一边安慰。

"没事，别哭别哭。你要是觉得不好，就不在一起。要是嫌弃，可以马上结束。你想怎样就怎样，别哭。昨天上午办手续，下午搬家。我就是想今天干干净净地告诉你。"

六

越说她越哭得厉害，到底如何是好。揪紧的心，冰凉的手，还有慌张的脸，此刻该怎样是好。

他抱起她说："做我女朋友吧。我讨厌酒店了。我想让你和我一起回家。"

她不作声，带着潮红的脸，重新回到床上，钻进被子，把自己深深地埋了进去。

他站在那儿，不知所措。

沉默……

突然她掀开被子，露出挂着泪的脸，用哭红了的眼睛盯了他一分钟。

"我早就不喜欢酒店的沐浴液了。我们回家吧。"

爱情不分场合，不分迟早。这个时间差里面，要做的就是靠近然后拥抱。不要责备遇到的地点，遇到的时间。爱情也没有缘由，无关起因。有的人先重合了灵魂，有的人可能就是先匹配了肉体。但不管哪种方式，不要怀疑。说不定当下的就是永远。

就在今年的情人节他们领了结婚证。

文——
慕容素衣

一个备胎
的
兴亡史

作为备胎中的战斗机，老张一度曾经给予了千千万万备胎坚持下去的勇气——只要备胎做到底，总会有一天修成正果。

有句话说，百年修得同船渡，千年修得共枕眠，那么一枚备胎要修成正果，怕是要上万年的道行，前生的几万次凝视，才能换得意中人一次不经意的回眸。

韩剧中总有这么一类备胎，家世好样貌好性情好，对女主掏心掏肺，惹得无数女粉丝心疼不已。可这样的绝世好备胎只存在于影视作品里，条件都这么好了，干吗还当备胎啊？

倒是老张，完全就是我们生活中最常见的那种备胎，所以他的成功和失败，对于备胎们来说更具借鉴意义。

老张其实并不老，只是生得老相，高中的时候脑门上就有抬头纹了，打扮也很老气，走20世纪80年代政工干部风，穿衬衣总是掖进裤腰里，鼻梁上架一副老式的黑框眼镜，看上去比同龄人足足要大上一轮。大学新生报到那天，他拎着箱子正擦汗呢，迎新的同学见了就上去问："这位家长，请问你们家小孩是哪个系的啊？"

外表其貌不扬的男生一般只好勤奋修炼内功，别看老张长得不怎么样，可人特别内秀，身为理工男，专业方面出类拔萃就不用说了，居然还文能写情书，武能打篮球，小个子也有大能量。长相老成的他为人处世也很稳重，当别的男生还在睡懒觉泡MM玩叛逆时，他已经悄然混成了学校的社团领袖兼学生会头头。

这样四平八稳的人生，真是波澜不惊，连感情生活都是四平八稳的。老张对自己的长相很有自知之明，原本是打算毕业后再考虑个人问题的，没想到做了社团领袖后，居然有个学妹看上了他。学妹长得和他难分伯仲，胜在够纯够年轻，老是眨巴着一双天真的眼睛无比仰慕地望着他，让他平添了几分自信。

正在老张考虑是否要顺水推舟接受学妹的示好时，他生命中的劫数出现了。

那是邻校的一个女孩，女神级别的人物，长得有点像《流星花园》中的静学姐，姑且就称她为静女神吧。

老张和静女神，是在一次校际联谊会上认识的。说真的，如今稍微新潮点的大学生都不混什么联谊会了，好玩的地方多着呢。那天的联谊会，基本上都是像老张这样的内秀分子主场，在一群土头土脑的挫人当中，我们的静女神忽然挟风雷之势登场了，穿着小短裙唱了一首英文歌曲。

灯光迷离下，静女神长发微卷，媚眼如丝，眼波偶尔流转到老张身上，像是眼中只有他一个人，他一阵眩晕，脑子里只有女神那双白得耀眼生辉的大长腿，完全听不清她唱的是什么。

联谊会的尾声，一群男男女女跳起了迪斯科。老张正坐在角落里发呆，一双手伸到了他面前，邀请他共舞，正是静女神。拉着女神的小手，老张热血上涌，誓要士为知己者死，顾不上舞姿如何，只管各种手舞足蹈，各种耍宝扮丑，还不惜利用自己的体形特征，在舞池中间模仿起了大猩猩，浑然不顾墙角边还坐着他带来的那个学妹呢。

老张扮大猩猩真是一绝，他本来就生得矮胖，加上当了多年的学生干部，眉目间有种庄重的不怒自威，他扮的猩猩看上去一点都不猥琐，反而有几分《猩球崛起》中猩猩王恺撒的王者之风。

静女神乐得开怀大笑，冲着他大喊了几次："你真可爱！"临走前还问他要了手机号码，说要多联系。

狂欢之夜结束后，老张兴奋之余，又有几分意兴阑珊，他猜想，那么漂亮的女神，不知道有多少人在后面追着捧着呢，所谓的多联系，估计只是客套话罢了。

意想不到的是，没过几天，静女神还真的给他打了电话，约他去江边吃麻辣小龙虾。

放下手机，老张高兴得直转圈。身为寝室老大的他恩威并施，借了下铺小王的阿迪达斯球鞋，又穿了邻床小李的ZARA外套，临走前还往身上猛喷了一阵不知是谁放在桌面上的Kenzo香水，这才雄赳赳气昂昂地去赴约。

他不知道，当他骑着无敌小电动赶到江边时，出现在静女神面前的形象是这样的：外套过小过紧，裹在身上越发凸显小肚子，身上的香水味儿混着汗味，浓烈得几乎要把人熏翻过去。

可即便这样，他一落座，赶紧招呼老板上两盒加多宝，以免她吃多了辣得嗓子疼，静女神就觉得，那个在舞池中扮大猩猩的老张又回来了。

"其实，我们联谊那天，我心情特别不好。"静女神的开场白几乎没吓着老张，可他是谁啊，演技帝啊，最擅长的就是扮演泰山崩于眼前而脸色不变了。

那天晚上，就着小龙虾和加多宝，吹着江风，静女神向老张说起了她的爱情故事。

简单来说，这是一个再普通不过的异地恋的故事。静女神从小就是那种校花级的人物，小学三年级就开始有男生给她塞字条，可以说是集万千宠爱于一身。这种在宠爱中长大的人，自然就特别骄傲，看不起身边那群卑躬屈膝的小男生。读高中时，她和班上的学霸同桌，那是个和她同样骄傲的男生，成绩总是高居全年级第一，而且是那种远远将第二名甩出几条街的第一。

学霸平时不苟言笑，静女神和他做了一年同桌，没说过几句话。唯一是她为了一道数学题焦头烂额时，学霸忍不住拿过去，三下五除二解了出来，把作业本还给她时，他的脸上有一丝轻蔑的笑意。后来静女神回忆这段往事，发现自己对学霸的心动，就是从这个笑容开始的，他的轻蔑激起了她的征服欲。

高考那年，原本一贯成绩优异的她发挥失常，考到了一所不怎么样的二本学校，学霸却一如既往地稳定发挥，成为她那所高中有史以来第一个考上清华的男生。现在，为了方便叙述，我们就叫他清华GG吧。

正当静女神在某二本学校黯然神伤时，清华GG向她示爱了。原来，当初他的那些小伎俩，只不过是为了引起女神的注意。经历了一番情书轰炸后，某年某月某夜，当静女神看见捧着一大束玫瑰站在女生宿舍楼下的清华GG时，激动得一下就扎进了他的怀里。

从那以后，就是我们熟悉的异地恋的桥段，煲不完的电话粥，聊不完的视频，短暂的相聚，长久的相思。

这就不难解释，身为女神，为什么会去参加那种无聊的联谊会，她实在是时间多得没地方打发了。更何况那天，刚送走了来此匆匆一聚的清华GG，心情正好有点小郁闷。

为什么会跟老张说这些呢？静女神表示，这是因为"你看上去就是那种特别nice的人"。

被女神这么一夸，老张浑身都轻飘飘的，他哪里知道，当一个女孩子夸你人好的时候，基本上就是把你当成了绝缘体。

那晚回到宿舍，老张拿出调成静音的手机一看，十几个未接来电，都是学妹打来的。他这才想起，那天晚上原本是约好和学妹一起去看电影的。正在他犹豫着要不要回电话时，学妹的电话又来了，她在电话里又是撒娇又是指责的，换平时，老张早就求饶了。

电光石火间，女神的脸闪现在脑海，他狠了狠心，对学妹说："对不起，我以后可能不能陪你去看电影了。"

学妹急了："为什么啊？"

"我忙啊，要上课，要兼职，还要……"

老张支吾了半天，总算把学妹给打发了。真实原因他当然没敢开口，总不能说他宁做女神的备胎，也不做平凡女生的男朋友吧。

据说每个女神背后都会有一个云备胎，为了心目中的女神，老张从此踏上了漫漫备胎路。

话说尽管有了男朋友，围绕在静女神身边的男生还真不少，备胎这个光荣而艰巨的任务怎么会落到老张头上呢？

其实不是因为他条件太好了，而是因为他太不起眼了，这样的男生，看上去没有一点威胁性，会让女生根本忘记了他的性别，从而失去了提防心。讲真，备胎不是一般人能做的，这需要超强的忍耐力和超好的包容心，所以，做后备的女生一般都是甜心，做后备的男生一般都是暖男。

作为一枚备胎，老张时刻都没忘记他身为备胎的自我修养。自打认识静女神后，他的手机就二十四小时开机，以备女神能够不分昼夜地召唤他。曾经有一次，女神在酒吧里喝醉了，给他打了个电话，他二话没说，立马开着电动车去接她，结果被冬夜凌晨两点的寒风吹得重感冒。

静女神平时爱发个自拍什么的，老张总是第一个点赞的人，不光点赞，还变着花样夸奖她如何如何清丽脱俗，词儿从来不重样的。静女神有胃病，为了保持身材又不敢多吃，老张就常年去粤菜馆给她订老火靓汤，隔三岔五送过去。

这都不算什么，做备胎最苦的就是当对方正牌男友出现时，你最好在一秒钟之内遁形。老张就是这样，不得不忍受静女神每隔一段时间就失踪的行径，他知道，这种时候，多半是女神和男友腻歪去了。有一回，女神足足消失了两个月，老张在宿舍里抓狂得猛搡自己的诺基亚，只恨它这么久都没个声响。多少次他都忍不住想给女神打个电话，多少次又咬紧牙根忍住了。

就在他都要绝望的时候，女神一个电话，又让他满血复活了。原来前一阵她去北京会男友了，回校之后，一阵寂寞空虚冷，这才想起老张。

宿舍里的兄弟有时也劝他："老张啊老张，谁都想娶女神，可这女神哪是平凡人消受得了的呢？还是趁早认栽，撤了吧。"

有句话兄弟们没好意思说出口："你那个女神啊，活脱脱就是个绿茶……"

老张知道大家是一片好意，也不争辩，一边低头听教训一边埋头刷微博，好在第一时间为女神的自拍照点上一颗小小红心。

静女神的爱情并不顺利，她和清华GG都心高气傲，谁也不肯对谁让步，一点点小事就吵得天翻地覆。几年异地恋，就像《三国演义》开头所说的那样，合久必分，分久必合，分分合合，没完没了。每次闹分手时，老张就是她的创可贴，每次一复合，这张创可贴就用完即扔了。

折腾的次数多了，静女神也有点内疚，有一次禁不住对他说：

"这样对你不太公平，要不，我们还是少来往吧。"

老张热血上涌，想都没想脱口而出："我愿意做你招之即来，挥之即去的那个人！"

这样的深情告白，静女神还是头一回听见，当时感动得热泪盈眶，深情款款地说："你真像家明。"

家明是谁？老张回去特意百度了下，才知道家明是言情小说中常见的男二号，女主角们喜欢的大暖男，也是备胎们的鼻祖。

如此这般纠缠到了大学毕业，兵荒马乱之际，静女神倒是气定神闲，她准备一毕业就去北京，投奔爱情。老张也在犹豫，跟过去吧，未免也太没皮没脸了些，不跟过去吧，又放心不下女神。

天有不测风云，静女神还没去北京呢，清华GG倒是要离开北京了，他收到了哈佛大学的通知书，还是带奖学金的那种。

消息传来，静女神彻底崩溃了，异地恋已经够她受的了，现在还要升级为异国恋，她的小心脏根本承受不起。她马上飞到了北京，流着眼泪求男友留下来。

清华GG还是走了，临走前吩咐女友："好好准备托福，我在美国等你。"四年前，他说的是："我在北京等你。"

他们这段恋情又延续了一年多，后期完全就是苟延残喘，静女神考了两次托福，每次成绩都很不理想。为了给她打气，老张也陪着她去考了一次。然后某一天，她在男友的Facebook里看见了一张合影，女孩远远不如她漂亮，但人家也是哈佛的学生。

她在越洋电话中质问男友，对方倒也爽快，告诉她远隔重洋毕竟不是个事儿，还是一别两宽，各生欢喜的好。

一辈子都活在骄傲里的静女神，人生中头一次尝到了被人嫌弃的滋味。

她照例去找老张哭诉，老张沉默半晌，给她看了张成绩单，那是他上次陪考的成绩，堪称优异，申请个过得去的学校完全没问题。

静女神急得眼泪都来了，睁着一双蒙眬泪眼问他："就是说，你也要去美国了吗？"

老张摇摇头，爽快地把成绩单撕成了碎片，盯着眼前为他哭泣的女神说："你在这里，我哪儿也不去。"

静女神感动至极，无以为报，那就唯有以身相许了。

那一年，老张和静女神的婚礼轰动了整个城市。

毕业后，凭着出色的履历，老张进了业界一家知名的公司，攒了些银子。为了举办这场婚礼，他不仅花光了所有的积蓄，还向广大亲友举债，在本城最豪华的酒店大宴宾客。

为减轻他的负担，静女神本来想租个婚纱得了，老张手一挥，口出豪言："一辈子就穿这么一次，咱得自己买！"

婚礼上，万年备胎老张迎来了人生中的巅峰时刻，他西装笔挺、皮鞋锃亮，打了发蜡的头发梳得一丝不苟，手臂里挽着美如天仙的新娘，笑得连脑门上的抬头纹都舒展开来了。

当司仪让他介绍下是如何追到新娘时，老张志得意满地总结说："女神恋爱要等得，女神生日要记得，女神失踪要忍得，女神花钱要舍得！"

掌声雷动中，一个伴娘偷偷地跟姐妹咬耳朵："这个二货，以为结了婚就万事大吉了，考验还在后面呢。"

群众的眼睛总是雪亮的。

小姐妹们都看出来了，高高在上的静女神只是一时赌气，才选择下嫁老张的。她爱上的，只不过是他对她的好，而不是他这个人。

婚后两人走在街上，总会被人指指点点。静女神身材高挑，站在矮胖的老张旁边，足足高出半个头。婚礼那天，为了迁就老张的身高，她特意穿了平跟鞋，其实，她私心最爱的还是高跟鞋，一天不穿高跟鞋没什么，但是一辈子呢？难不成她要为了他穿一辈子的平跟鞋？

结婚就等于给情感史画上了个句号，那只是针对相貌平平的女生而言。像静女神这种段位的漂亮女生，即使步入了婚姻，后面还是有一个排的男生在流口水。

老张的错误就在于，他以为备胎转正后就万事大吉了，不免就有点懈怠。又正好是拼事业的年纪，难免就将时间和精力多分了些在工作上。

于是，静女神的人生又一次感到了空虚寂寞冷，和以前一样，又一个备胎及时地填补上来了。只是这次，不再是老张，而是她所在公司的一个高管，比老张帅气，比老张多金，更重要的是，在他身上，她找到了类似清华GG的那种仰望感。对于她这样的女人来说，只有仰望才能产生爱，感激换来的只不过是将就。

就这样，老张在毫不知情的状况下，开开心心地"喜当爹"了。孩子生下来后，高管备胎态度还不够明朗，静女神产后抑郁得奶水都没了，老张一瞬间成长为超级奶爸，喂奶哄睡换尿布一条龙全包了，小闺女在他的细心呵护下，很快就出落得冰雪可爱。

女儿快一岁大时，高管备胎总算离了婚，静女神按捺不住，准备向老张摊牌。

她的开场白是这样的："老张啊，宝宝以后跟我姓好吗？"

老张正在给宝宝冲奶粉，听了头也不抬就说："挺好的。"

她接着说："老张啊，你以后还是多忙工作，宝宝就由我来照顾吧。"

老张有点意外，抬头看了她一眼还是说："挺好的。"

静女神顺势往下说："老张啊，有件事必须要告诉你，宝宝的爸爸可能不是你。"

老张的手抖了一下，但很快恢复了平静。他平静地试了下牛奶的温度，平静地给宝宝喂了牛奶，然后平静地说："挺好的，这样宝宝就不会像我……这么丑。"说到这，他咧嘴一笑，补充了一句，"我只有一个请求，宝宝周岁生日，我们能一起过吗？"

一瞬间，静女神心里透亮透亮：原来他什么都明白，他只是一直没说破而已。

女儿一岁生日那天，老张订了蛋糕，买了最新出的芭比，唱完生日歌，吃完蛋糕，他留下了一本房产证和一把钥匙，悄然而去。

房产证户主的那一页，以前写着老张的名字，现在换成了女儿的。

静女神顿时哭成了狗，她想，这辈子再也不会有人像老张那样对自己那么好了。

老张被甩的消息传来，兄弟们都炸了锅，逼问他静女神到底是怎样迫使他把房子留给她的。

老张淡定地说："她没有逼我，是我心甘情愿的。"

兄弟们火了，说要去痛揍那对狗男女来泄愤。

老张抬起头来，说了一句话，他说："不怕告诉你们，我这辈子，能和她好上几年，已经很值了。"说这话时，他脸上有一抹奇异的微笑，半是羞涩，半是感伤，这微笑像一道光，让他平凡的丑脸仿佛有了神性。

兄弟们愤愤不平地嘟囔了一阵"凭什么"后，也就消停了。

老张没有告诉他们，他本人比谁都纠结于"凭什么"，凭什么他对她这么好，她却不珍惜呢？凭什么小说中的家明能成为女主角一生所爱，他却落得被抛弃？

为了解决这个千古疑问，他硬着头皮啃了一本亦舒的小说，书看完后，他总算找到了答案：他和家明确实挺像的，只是有点不一样，家明相当英俊。

老张放下手中的言情小说，终于释然了。

文 —— 小邵东

两个人的生活
比一个人的生活
多了什么

恋爱五百天后，他终于把工作从北京换到了厦门，一个人带着六个箱子，把身家从待了五年的北京打包到厦门，开始了属于我们两个人的生活。

我十分地不习惯。

他瘦，因为胃不太好，不容易吸收，178厘米的个子只有110斤。我胖，最胖的时候到了130斤，最近拼命运动才减到和他一样重，稍微吃个晚饭就比他重了。所以我们两对食物的喜好和需求完全不一样，我要吃没有主食的清淡减肥餐，而他总是说没有米饭和炒菜他就不吃了。他要在家吃饭，我就不得不每天先做一份饭菜给他，再做一份低卡的给自己。衣服也一样，从洗到叠到挂烫，工作量全都翻番。

　　他上班早出晚归，工作日我们只有晚上九点以后才有时间在一起，那段时间正好是我出门锻炼的时间。可他忙了一天，那时候只想在沙发上躺着。我想让他陪我出门锻炼，他想让我陪他在家看电影，总得吵五六个来回，最后，他躺他的，我走我的。

　　虽然我一到厦门就租了两居室，方便以后他要过来。但是等他真的搬进来，突然发现家里要再塞下一个人，很挤。最气的就是写字台，我弄得好好的，他一来就把电脑摆上去了，每天堂而皇之地在我精心挑的座椅和写字台前加班，还哼哼着说："反正我看你也没在用嘛！"我是不怎么用，但是不代表我就很高兴看你用啊！而等我需要用的时候，只能在沙发上蜷缩着，把电脑摆在肚子上。我，本来可以成为一个作家的！都怪他！

　　我本来特别随性、特别自由的生活也开始凭空多了一张嘴管我。"能不能收一下鞋子？""晚上能不能别在沙发上睡觉？"而我，多窥探了一个人的生活，也忍不住指手画脚："这个不脏啦！别那么龟毛！""可以打孔的！你这个处女座！""你能不能记着把垃圾带下去？"

　　哎，苦苦等来的属于两个人的生活，比一个人的生活麻烦多了。

　　可是又有很多事，突然提醒你——"咦，你不是一个人了！"

　　上一次，我们有事临时去了一趟广州。回程从厦门火车站出来的时候，非常疲惫。一天往返广州与厦门，中间逛了街参加了一场活动，累到崩溃。要是有人和我说你现在可以躺着，我是可以在地上睡上起码五个小时再做别的事情的。已经十一点多了，火车站门口的那条马路还堵得和屎一样，车子一辆挤着一辆艰难地挪动着。空气里是看不见的一层层热浪，不管我喜不喜欢，都直往身上扑。一开打车软件，家家的价格都在往上调，虽然钱是小事，但是你感觉一切真实的、虚构的都在向你压迫：乱，这一刻真乱。我心里想了一万种路，要怎么解决眼前这个困境——是走到下个路口再打车？是往回走到人少的地方打车？是加价叫车然后让师傅开到附近不堵的路上等我们走过去？最终我却坐到了路边一个椭圆的路障上，紧紧抱住另一个人的腰，把头靠在他的身上，借了一点力，闭上眼让自己慢慢放松下来。任由他去看手机看导航给师傅打电话，同时还用一只手轻轻拍我。

又有一次我们去成都玩，回来特别晚，到家把东西都抖落到沙发上就去睡了。第二天早上醒来我突然想起来我的帽子。那是一顶橙色的帽子，帽子上绣了一只可爱动人的冰淇淋，是我最爱的一顶。最后一次见到那顶帽子时，我正在吃生煎包，一低头帽檐就沾在碟子上，不得不拿下放在一边。后来转身对着后面的镜子补了补口红，帽子就没有再拿起来过。吃完午餐，我们急急地往书店里去……我几乎可以确定，帽子丢在那家餐厅里了。回忆到这里，我立刻清醒了，内心一片凄凉，慢慢从床上坐起来。抱着最后一丝希望去客厅沙发上翻了翻那堆等待解压缩的行李，结果，还是没有。好了。真的丢了。这种丢东西的感觉冰凉凉的，我太熟悉了。慢慢镇定下来，脑子里又止不住地开始想：现在去百度一下那家餐厅的电话？也许他们帮我收起来了？要是不在餐厅会是在书店吗？这么想着的时候，头又开始痛起来。我推开书房的门，想去阳台上透口气。门一推开，就看见那顶帽子好好地挂在衣帽架上。是的，他跟在我后面收的，拿回来挂上的。

我还回想到他才搬过来的第一个星期，有一天我起床进洗漱间，他在外面说，你牙刷的电昨天充了。我简直不敢相信，拿着牙刷开一下开关，"吱"，再关上，再开开，"吱"，再关上。真的有电了！顾不上刷牙就冲到外面抱住他，你怎么想起来要给牙刷充电的？你怎么那么可爱？他不知道，每次电动牙刷的电没了，我起码都要挣扎三天才能顺利把电充上，那三天每次拿起没有电的电动牙刷都思绪万千，然后默默地把它当普通牙刷用。每次开始刷的时候都信誓旦旦说刷完一定要记得去充电啊，而等到刷完牙再洗完脸，思绪又不知道跑到哪里去了，完全忘记。像这样牙刷刚报警说没电，第二天拿起来电就已经满了的情况还是第一次！

后来，我们甚至还一起经历过人生的第一次台风，17级，叫"莫兰蒂"。那一天正好是中秋节，厦门有博饼（赌博）的习俗，他白天在公司参加人生中的第一次博饼。新手的运气总是比较好，他一口气博回来养生炉、过滤壶、杯子、锅、洗发水等，装满了整个后备箱。下班的时候高兴地喊我去停车场一起搬东西回家，那一刻，我们有点像过年前抱着一堆年货的小夫妻，乐呵呵地抱着一堆日用品跑上六楼也不嫌累。虽然微信上一再有各种消息提醒我们注意"莫兰蒂"要来了，但是他还是吃完晚饭就上床睡了。我多少还有一点警觉，想着台风来了肯定会下雨，还是把门窗都关好吧。

凌晨两点，台风咆哮，大楼晃荡。微信里全是各种可怕的消息：阳台被吹飞啦！大楼都在抖！风裹着雨一次次重重地砸过来，感觉家里所有玻璃都会分分钟碎掉（事实上，天亮后，每条道路上都布满了玻璃碴儿）。我紧紧地抱着他，问："我们会这样死在厦门吗？"他一遍又一遍地摸着我的头，说："没事没事，一会儿就停了，不会死的。"而当我的脚碰到了他的脚，发现早就一片冰凉，不禁偷偷想笑：你，也很害怕吧？毕竟，他也和我一样，都是这个城市里第一次经历台风的异乡人。

一个小时过去了，我们终于决定从床上爬起来。两个人猫着腰在房子里走一圈，发现虽然外面的风雨一直夹着拍打碎玻璃的声音，但是我们所有的窗户和门都还是好好的，他又抱抱我："幸好你关好了门窗啊！"但是没有电了，我去厨房查了一下水，发现水也停了，不禁埋怨他："你看你吃完就睡，碗都没洗，现在没有水洗了。"他抱抱我："这时候就不要怪我了好吗？"

可能是害怕也很消耗热量，我们俩都饿了。他摸黑去茶几底下摸零食吃。我心里一惊，心想惨了。我，我早上把家里的零食全都带到公司博饼去了，输个精光，只剩一根棒棒糖。我满脸谄媚地对他笑着说："嘿嘿，别找了，都被我输了。"他愣在那里，痴痴地看着我，眼睛里满是"什么叫输了"的疑问。我赶紧过去也抱抱他："这时候就不要怪我了好吗？"

我想起来家里还有一个"保险箱"（一个隐蔽的旧木盒

子），去摸到了打火机和两截短蜡烛点了起来。一支放在客厅，一支放在卧室。窗外的风继续咆哮，但是屋子里已经因为有烛光变得温暖舒适了。睡是不可能再睡得着了，窗外的风没有半点要停的意思，隔着黑乎乎的玻璃还是能看得到它张牙舞爪的样子。没电了也不敢玩手机，怕需要用电话的时候手机没电。做点什么好呢？我们俩同时把眼睛转向了电视柜的第一层，那有我们的游戏玩具盒。"啊！我们玩游戏吧！"我的心情立刻好了起来，雀跃着去把盒子拿来，打量着里面的各种玩具，挑出一小盒乐高，"哈哈，你还记得这是你送给我的第一样礼物吗？这么小要一百多，我当时心想你还真是大方啊！"

他和我刚认识的第一个周末就和我说："我去你家做饭给你吃吧！"我心想"90后"真是勇猛啊，才认识三天就要去女孩子家了啊。很久以后我才知道这只"90后"是真爱吃，他说去家里做饭，就真的是想在一个有厨房的地方做饭……可那时候每周末我都要去歌德学院学德语，我就问他知不知道有户外玩耍的地方，我想上完课后在外面玩。他说："那我们去后海滑冰吧！"嗯？！滑冰？虽然那时候我已经在北京生活快五年了，但是我从来没有去后海滑过冰。当然也就从来不知道，原来滑冰这么好玩。我们到的时候已经三点多了，刚玩一会儿，落日的余晖就慢慢地打在我们身上。那整个下午，都是暖暖的、金色的、闪着光的。两个人穿着黑色的厚冬衣，坐在简陋的滑冰凳子上，推来推去，滑来滑去，脸上红红的，身体热热的，忍不住就拍起照来，忍不住就要大笑起来。嗯，滑冰，这是他带我玩的第一个游戏。

　　大概是因为第一次约会太开心了，之后我们连续约会了十天。其中有一天我们吃完颐堤港的渝乡人家，他在Page One书店里买了一个微型乐高送给我，没错，就是那盒乐高，又是一种游戏。拼好了是只有食指那么长的一只小小的吉他。我拿着那个礼物，回想着上一次玩乐高是什么时候，想了很久想不起来，应该是我这辈子都没有玩过乐高。而这个因为颗粒够小，拼出来需要更专注、更有耐心，他每天都来问："拼得怎么样啦？"在他问到第四次的时候，我终于拆开了塑胶袋子，耐着性子拼了起来。最后拼起来那天，他已经获准来我家了。我们俩在沙发上脑袋碰脑袋地拼了好半天，那一堆细细碎碎的零件竟然真的变成了一个精美的吉他。我高兴地拿着吉他当纸飞机，biubiubiu地飞来飞去，这个吉他真是太好看了！闪着光泽！他突然把我的手截下来，一把握住，问："当我女朋友好吗？"

　　当时我已经和北京的公司提了离职，一个月后就要离开北京去厦门工作了。尽管在认识他那天这一切就已经注定了，但是我也不知道为什么还要和他约会约这么久。现在剧情简直是一丝不苟地按剧本走的，认识、约会、表白。好了，现在他表白了，我怎么接？答应他，我们隔天就要成为相隔两千公里的异地恋；不答应，我这个月是在耍他玩吗？我只好也拉住他的手，一五一十跟他讲实话："我就要去厦门了。但是我也挺喜欢你的，和你在一起很开心。你觉得我们俩能异地恋吗？要是能我们就异地恋吧。"我没有说出第二种可能，因为我不想让他那么选。等我们聊到这里的时候，时间已经是凌晨两点了。灯光暗，气氛佳，我们都处在一种迷离的状态中，可能是我的说法迷惑了他，让他觉得两千公里根本就不是什么问题，他简直是稀里糊涂地就接了一句："嗯，我觉得也没关系啊，反正现在我很喜欢你，我们试试嘛。"然后他就抱着我睡着了，是真睡着了。可能是脑容量有限，毕竟那晚他了解了我的一生（以及我朋友们的），和已知的一些将来。我们就这样相拥着双双睡去，纯洁地度过了我们确定相恋的第一天。

无论我们多么想视而不见即将来临的分别，分别的日子还是会到。我们特别平静，平静得特别故意，他说你走我不送你，等你回来我去接你。我就风风火火一个人带着九箱行李去了一个全新的城市，带着在北京摸爬滚打学会的生存技能，很快就在厦门安好了家。等到漫天的灰尘落到地上，我开始在新的住处迎着光亮醒来，独自上班、吃饭、下班，我才真切地想念起他，深夜里和他一边视频一边在心里落泪。不知道他有没有和我一样，有过一瞬间觉得我们的关系岌岌可危，千里姻缘一线牵，随便什么风吹草动都会从此天涯两端。不对，已经天涯两端了。

直到有一天，他开始给我陆陆续续寄各种游戏玩具。最开始还是乐高、小丸子、小黄人、变形金刚、蜡笔小新，然后是叠叠乐、七巧板、五子棋……每隔一段时间就寄一个过来。有时候他说："你要是有空余的时间，你就一边玩玩这些，一边想一想我。"有时候他又说："这个东西先收好，等我来了陪你一起玩。"每次收到他寄来的东西，我都数一数时间，每到两个月，我就回北京一次，他就像他说的那样，每次都去机场接我。只是我走的时候，他从来不送我去机场。这样坚持了快一年，他辞职，说要来厦门。公司不让他辞职，但是给了他每周来一次厦门出差的机会，于是我们反了过来，变成每周我去机场接他，却也从来不敢送他去机场，怕真的送走他。那些各式各样的玩具就这样慢慢攒满了一整盒，变成了信物。

现在，这个台风呼啸停电停水不敢睡的夜晚，我们俩不约而同地想起它们。其实，相隔两地的一年多里，除了乐高，我基本上没有碰过其他玩具。因为当我们短暂碰面时，根本想不起它们。这一刻，我们第一次玩起了叠叠乐，一人一块把小木块堆起来，再慢慢抽出来算积分……我们第一次玩起了五子棋，实力相当，当然我要赖的本事更大一点……我们第一次撒开了火柴棒，一把棒子撒开，每根棒子都有分，谁抽棒子的时候动了别的棒子就输了……就这样玩到早晨六点。风声渐渐平息了，我们也累了，双双再回床上。他抱着我的头，我把腿架在他身上，沉沉地睡去了。

不管台风停没停，接下来会发生什么。只是庆幸，我们是两个人。

第四章

时间
酿造

时间酿成的酒，爱过的人一饮而尽。

文 —— 顿河

蜜月

一

　　陈心悦结婚了。婚礼结束以后是早就安排好的蜜月旅行。她空着手欢天喜地地走在满手行李的新婚丈夫旁边。

　　到了机场，托运，换登机牌，杂七杂八的事情全都是陈心悦的老公一手包办，陈心悦就站在一旁，默默地等着。终于忙完进闸在登机口附近的座位上坐下来，她一双眼睛仍不肯休息，滴溜溜地到处乱看。他们对面坐着两男一女，看样子都不认识，她背后坐了一个带孩子的年轻妈妈，她不用转头去看也知道，因为那个孩子一直哼哼唧唧，而年轻妈妈哄孩子的声音不停地传来。她又扭头看向另一个登机口，有很多大妈，那一定是个夕阳红旅行团，她想。看了一阵还没到登机时间，觉得无聊，于是和身旁的老公闲聊了两句，忽然感觉耳边传来熟悉的男声。她循声望去，竟看到了一个让她全身立刻僵硬起来的人。

姜鑫。没错，那是姜鑫。陈心悦的心陡然一紧。好死不死，怎么会偏偏在这里遇到！陈心悦心里有些恼怒。自从和姜鑫分手以后，在这个说大不大说小却也不小的城市中从来没遇到过，哪怕在分手初期陈心悦故意"路过"他们曾在一起时经常出没的地方，却仍然没能和姜鑫偶遇。谁曾想时隔两年之后，会在蜜月旅行伊始的时候碰上。

陈心悦一边不动声色地继续和老公有一搭没一搭地聊着，一边拿眼睛往姜鑫那边觑着。只见姜鑫牵着一个姑娘的手，找了个空位坐了下来。陈心悦心想，不得了啦，难道要坐同一班飞机！她紧张又心虚地收回眼神，软绵绵地靠在座椅上。老公冯俨见状，紧张地问道："怎么了？一下子没精神了？"陈心悦双眼空洞地望着前方，有气无力地掩饰道："没什么，就是觉得累了！"冯俨一下子笑起来，捏了捏心悦的手说："大小姐，你什么都没做还觉得累了！"陈心悦没说话，感受着冯俨手心传来的温度，心里觉得闷闷的。

二

陈心悦和姜鑫在一起差不多两年多的时间。虽然也见过家长，但是心悦全家对姜鑫都不太满意。那时候姜鑫是个公司小职员，现代社会公司遍地开花，今天出现了几个，明天可能又消失了几个，因此心悦的父母总觉得姜鑫自己都朝不保夕，怎么照顾心悦和他们未来的家。而同辈的姊妹们见过姜鑫以后，全都悄悄对心悦说："这个男娃光是长相就配不上你啊！"年轻的心悦回头仔细看姜鑫，个儿挺高的，脸圆圆的，她心想，我觉得挺好的啊！于是继续一意孤行地和姜鑫在一起。陈家也不是那种老古板的家庭，虽然家里人不太赞同，但是心悦喜欢那就不要反对了吧，于是也就懒得再管陈心悦和姜鑫的事儿。心悦有时候带着姜鑫回家吃饭，父母也客客气气地给姜鑫做很多好吃的，只是心悦的母亲对待姜鑫总是淡淡的。

人说谈恋爱最好不要超过两年，要到两年了就必须谈结婚的事儿，不然只能是分手的结局。以前陈心悦不信，后来放到她自己身上，慢慢相信起来。两个人谈到一年半的时候，姜鑫家里开始催他们结婚。陈心悦也想结婚，但是看着姜鑫的样子，她总是对结婚这事儿有些许惧怕。姜鑫比陈心悦大两岁，早两年出来混社会，但是收入却比陈心悦低，低很多。每次他们约会，都是陈心悦承担大部分开销。陈心悦曾安抚地对姜鑫说："你不要介意这个事情，我相信你以后一定会往上走的。"姜鑫也很看好自己，告诉陈心悦自己以前做过什么获得什么未来会怎样，陈心悦满意地继续为两人的一切活动埋单。可是，时间长了，陈心悦发现，姜鑫似乎只是会说不会做的人。下班以后的每一个夜晚，有时候陈心悦都还在努力地为自己充电，看看书，学习点别的什么知识，而姜鑫每晚都只会上网。他不打游戏，他每晚都花大量的时间在各大论坛看别人的帖子，回复，看一些稀奇古怪抑或搞笑的视频。陈心悦跟姜鑫去过姜鑫家，吃过晚饭以后，姜鑫什么也不做，专心地坐在电脑前，未来的婆婆还要准备好各种吃的，水果、零食，装盘，然后端到姜鑫的电脑桌上，对姜鑫说，不要太专心了，吃点东西吧！一开始陈心悦觉得姜妈妈体贴入微，后来才觉得她对姜鑫是过分溺爱。

分手的导火索是姜鑫裸辞了工作。一开始陈心悦也觉得辞职没什么，只要重新再找工作就好。后来有一天，陈心悦和妈妈聊天的时候，告诉她姜鑫辞职的事情。陈妈说："辞了多久了？找到工作没？"心悦答："半个月了吧，还没找到。"陈妈轻描淡写地接道："心悦，要是你们以后结婚了，你来养家吗？"陈心悦愣了一下，陷入深思。

陈妈不动声色的一句话，动摇了陈心悦继续和姜鑫在一起的决心，而真正瓦解陈心悦对未来生活期望的，是第二天在姜鑫家听到姜妈妈说的一句话。那天下午下班以后陈心悦应邀去姜鑫家吃晚饭，进门以后关心地问了姜鑫找工作的事，姜妈妈恰在一旁，也跟着插嘴道："鑫鑫，你要努力找工作，但是如果你现在暂时不想工作的话也可以，爸爸妈妈还可以养着你。不过，只能养你一年哦！你休息一年必须出去工作了！"这话一出，姜鑫开心地对妈妈说："谢谢妈妈，我知道了！"而陈心悦整颗心都凉了。她好想当场问姜妈妈，我们不是要结婚了吗？姜鑫不工作我们怎么养家？房贷谁还？水电费谁交？孩子奶粉钱哪里来？难道全都指望我吗？陈心悦呆愣在原地，心里不是滋味儿。一个快要结婚的大男人，父母不教育他要去独当一面，还支持他在家里啃老，这种家庭，以后如何在一起生活？

这件事发生后没多久，陈心悦就向姜鑫提出了分手。在姜鑫看来，陈心悦提出分手是那么突然。他暴怒，质问陈心悦是不是有了别的男人。他骂陈心悦连狗都不如，他的父母对她这么好，说翻脸就翻脸。他把陈心悦送给他的东西全部整理出来还给了陈心悦，陈心悦说要把他留在陈家的一些东西还给他，他也赌气地说不要了。陈心悦一下子像吃了催长剂一般飞速成长，她默默地处理好一切，打电话告诉了家里，她和姜鑫分手了。陈妈一听，竟然忍不住在电话里激动地说道："哎哟，宝贝儿！你终于下定了决心，这真是天大的好事，我得和你爸爸出去大吃一顿庆祝一下！"陈心悦闻言，才知道妈妈从前对姜鑫有多不满意。自己花了将近两年的时间才看清的状况，妈妈早就发现了。

三

机场大厅上空回荡着登机广播，冯俨牵着陈心悦站起身来，朝登机口的方向走去。陈心悦紧张地盯着前方不远处的姜鑫和他身边的女子，默默地期待他们坐着别动，千万不要跟他们同一班机。谁知世事总是事与愿违，陈心悦就这样眼睁睁地看着姜鑫二人手牵手地站起来，然后随着人群排到了登机的队伍中。陈心悦心里苦笑一声，都说狭路相逢，这路也真是太狭了！

登机。空姐挺美的，但是陈心悦无心欣赏。她的注意力都放在姜鑫的身上，她祈祷姜鑫他们的座位在她和冯俨座位的后面，这样他们在飞机上就可以不必打照面了。大约是老天爷这会儿正醒着，听到了陈心悦的祈祷，果然安排了他们坐在几乎机头的位置，而姜鑫他们坐在几乎机尾的位置。再加上姜鑫两人排在登机队伍的前面，上机以后确实没有照面的机会。陈心悦心想，既然这样，万念俱灰之时，再给点阳光吧，希望下机之后就能你走你的阳关道，我过我的独木桥了。

陈心悦一心不愿再与姜鑫见面，不是因为没有放下对方，毕竟现在的老公是她自己千挑万选才选中的，两人谈了一年的恋爱，顺利晋级到准备结婚的阶段，准备了半年，顺利完婚。冯俨对她陈心悦那是没的说，体贴入微，一心一意，外貌、工作、收入、家境，样样都不错。只是陈心悦觉得，在这样特别的时刻，再见到曾经非常亲近的"陌生人"，总觉得哪儿哪儿都不对。

两个小时的飞行眨眼就过。飞机安全着陆，陈心悦赶紧扯着冯俨急急忙忙地下了机，她生怕一不小心就被姜鑫发现。冯俨还以为陈心悦来到目的地太开心，配合着她的急急忙忙、慌慌张张朝已经订好的酒店赶去。到了酒店，办了入住手续，倒在宽大的圆形大床上，陈心悦才觉得一整颗心都放了下来。和冯俨收拾好行李以后，两人又休息了一下，才开开心心地一同离开酒店正式开始他们的蜜月旅行。

他们最先去了这座城市最著名的小吃街，据说在小吃街上不仅能吃到当地美食，很多其他地方的著名美食也能吃到，最关键的是，味道都很正宗，让每一个去过那里的人都赞不绝口。陈心悦和冯俨都可以被称为吃货，因此小吃街自然是他们当之无愧的第一选择。走进小吃街，两个人立刻被各种卖相出众的美食征服，他们东瞧瞧西望望，种类多得让陈心悦立刻爆发了选择困难症。两人手拉手笑嘻嘻地边走边买边吃，异乡美食简直让陈心悦已经忘记了之前关于姜鑫的所有事。

转过街角，小吃街继续呈现出一派欣欣向荣的景象。一个熟悉的男声从前方传来："陈心悦？"口气里充满了惊喜和不确定。陈心悦一下子辨别出那声音的主人是谁，她很想装没听到，无奈她身边的冯俨也已经听到了有人叫她的名字，拍拍她说："前面有人叫你呢！"她不得不装作迷茫地抬头，望向声音传来的方向。

四

姜鑫带着惊喜的笑意站在小吃街的不远处，他身旁站着在机场就见过的姑娘，一脸好奇。姜鑫见他所叫之人果然是陈心悦，于是带着身旁的姑娘朝着陈心悦和冯俨走了过来。陈心悦见状，心里一阵纠结翻滚，又是懊丧，又是紧张，又是尴尬，又是畏缩，五味杂陈，难以言说。

两人走到陈心悦和冯俨面前，姜鑫大方地介绍："这是我老婆张佳佳！"陈心悦原本正在思索该怎么向冯俨介绍姜鑫，听到这句话的时候不由得停下思考，眼光挪到姜鑫身旁那个女人身上，瓜子脸、身材纤瘦、穿着得体。陈心悦不禁从局促不安的感觉中变得有些恼恨，恼恨中忽然就坦然了。她向姜鑫两口子介绍道："我老公冯俨。我们是来度蜜月的！"姜鑫闻言笑出声来："太巧了，我们也是来度蜜月的！"冯俨也笑着加入了对话："真巧啊，居然度蜜月也能碰到熟人！"说着笑着看了陈心悦一眼。陈心悦感觉自己一点也笑不出来，接下来该怎么办呢？姜鑫该不会说"既然这么有缘，大家一起玩吧"之类神经病的话吧。谁知刚这样想着，就听姜鑫开口说道："既然这么巧，不如大家一起玩啊！"话刚说完，冯俨一脸天真地赶紧答应："好啊好啊！难得他乡遇故知啊！"闻言，陈心悦的脸色变得仿佛吞了一只苍蝇那般难看，谁也不知道她心里早已在咆哮：这是度蜜月啊，还是前度聚会啊？

　　四个人，两男两女，在两两还不太熟悉的情况下，队形很快就变成了男的和男的一起，女的和女的一起。冯俨和姜鑫并排走在前面，似乎很有话聊。陈心悦和张佳佳并排走着，两个人都用东瞧西看来弥补无话可说的尴尬。走了一阵，张佳佳忍不住打破了两人之间的沉默："你是姜鑫的前女友吧？"话一出口，原本就尴尬的空气变得更加令人窒息。陈心悦没想到对方一出手就直击要害，让她一时之间毫无招架之力，胡乱中只好答了个"啊"。张佳佳没有再说什么，两个姑娘又继续沉默着，重新又开启了东看西瞧的模式。陈心悦偶尔听到前面两个男人零碎的词语"气候好""东西好吃"之类的，估摸着正在交换对蜜月地点的心得体会。陈心悦想了想，也主动开口和张佳佳寒暄起来："觉得这里怎么样？"张佳佳笑了笑说："每个城市还不都差不多，这个地方是姜鑫选的，我并没有什么特别的感觉。""噢！"对于张佳佳有些冷淡的回答，陈心悦只能顺势噢了一声。见陈心悦并不多问，张佳佳又自顾地说起来：

"你怎么不问我怎么知道你是谁？"陈心悦感觉身边的姑娘看着冷冷清清，可是说出来的每一句话都带着尖锐的刀锋，唰唰唰直接而坚定地甩到她的脸上、心上，让她措手不及，无法防备，只能顺着她的话，被动往下答。"呃……好吧，你怎么会知道？"张佳佳愤恨地说道："因为婚礼上公公错喊出了你的名字！"她有些激动却又暗自压抑着。陈心悦吃惊极了："你说什么？"张佳佳瞥了陈心悦一眼，那眼神中包含的感情复杂而强烈。她压低声音却不失狠劲地说道："我说什么？我说在我的婚礼上，我的公公祝福我的老公和陈心悦百年好合！"陈心悦想要分辩什么，却发觉这事情竟是无从辩解。她和姜鑫分开两年多了，再也没有丝毫的联系，怎料婚礼上会出现这样的乌龙。暗喜、抱歉、好奇、吃惊等各种各样的情绪在陈心悦的身体中乱窜，她惊疑不定的表情，在张佳佳看来，都变成了炫耀！张佳佳抿了抿唇，看着走在前面的两个男人相谈甚欢，生生地将怒火压了下去。

四个人就在这样貌似友好，实则暗流汹涌的氛围中逛完了小吃街。从遇到姜鑫和张佳佳起，陈心悦就再也无心欣赏美食，更不要说品尝了。她终于明白了她怕的到底是什么——不是姜鑫，而是姜鑫身边的女伴，无论这个女伴是张佳佳也好，王佳佳也罢，她都不想见。她对在"姜鑫的伴侣"这个位置上的任何一个人都有一种复杂的情绪，攀比也好，不屑也好，冷漠也好，讨厌也好，那种混乱的感觉，让她整个人感觉疲于应付。她和冯俨回到了酒店，默默地趴在床上，一句话也不说。冯俨反倒表现得挺开心，叽叽喳喳地不停向陈心悦说姜鑫跟他介绍的这个地方的著名景点和特色，他觉得姜鑫的旅行功课比他们做得还要细致。陈心悦听得心里越发烦躁，她一下子翻坐起来，问冯俨："你跟这个姜鑫就这么聊得来？"冯俨看陈心悦一脸的不耐，有些纳闷地答道："也没有啊，大家都不太熟悉，不过是聊聊旅游的内容而已。"陈心悦赌气一般地继续问道："你知不知道他是谁？"冯俨听了这话，反倒是笑了起来："知道啊，看你当时那手足无措的样子，我想我的猜测应该八九不离十吧。""知道？知道你还跟他东拉西扯？还答应一起玩？"冯俨换上了家居服，舒舒服服地靠在床头对陈心悦说道："这有什么。你跟我在一起这么长的时间，你跟谁交往是我不知道的？以前的人，碰到了就碰到了呗，咱们大大方方地同人家礼貌交往就成。"陈心悦本来有一种壮士视死如归的心情，听到冯俨竟然这样说，她一下子感觉鼻子发酸，眼睛里无法控制地汇集了液体。她赶紧逃避地从床上爬了下去，说了声"我去洗澡"，一溜烟钻进了卫生间。

陈心悦躲在卫生间里，忍不住哭起来。她总是这样，泪点很低。高兴了要流泪，委屈了也要哭泣，难过了更是要号啕大哭。像现在，她觉得自己以小人之心度冯俨之腹，又觉得姜鑫故意提出同行让她被张佳佳抢白，还为自己听说婚礼上的乌龙而惊讶不已，满肚子的情绪不知道怎么发泄，只好自己躲起来一边哭一边消化。哭了一阵，自己又乖乖收拾好情绪，洗了澡，走出卫生间。

冯俨已经歪在床头睡着了，原本应该是拿在手上的书掉落在地上。陈心悦看着冯俨的睡容，心里有些暖暖的感觉。想着今天一路上苦活累活都是他在做，还要负责逗她开心，也确实很辛苦，于是走过去轻轻捡起地上的书，给他盖上被子，关了灯，自己也轻轻上床睡觉。

五

第二天，根据两个男人的约定，四个人在海滨浴场"欢聚"。虽然冯俨并不介意，可是陈心悦依然有点不情不愿。她跟冯俨说了张佳佳告诉她的"婚礼口误事件"，这样一来，冯俨也觉得有些尴尬。虽然这事跟陈心悦一点关系都没有，可张佳佳难免生气。于是冯俨承诺，这次海滨浴场游玩绝对是最后一次了，之后说什么也不再答应一同游玩的邀约了。

两人在约定时间赶到了海滨浴场，远远看到姜鑫和张佳佳面对面地站着，似乎在说什么严肃的话题。陈心悦看姜鑫的样子，似乎有些生气，而张佳佳看起来感觉也不太好。她不由得吞了吞唾沫，拉紧了冯俨的手。冯俨感觉到陈心悦手里传来的力量，也用力回握了一下。陈心悦深呼吸两口气，跟着冯俨继续朝姜鑫和张佳佳站的地方走去。离他们越来越近的时候，陈心悦听到张佳佳一句凶狠的话："有本事你别跟我在一起啊！"陈心悦转头去看冯俨，发现冯俨也有些惊讶地望着她。很明显，张佳佳那句话，冯俨也听到了。陈心悦正想说要不干脆不要一起了，却听得冯俨大声招呼道："姜鑫！我们来了！"于是陈心悦只好按下心中所想，继续朝姜鑫两口子走去。姜鑫闻声抬头，见冯俨笑眯眯同自己打招呼，当下就玩了一场四川变脸，瞬间阳光灿烂地也跟冯俨打招呼。陈心悦也朝姜鑫点了点头，然后又转头对张佳佳笑了笑。张佳佳却不似姜鑫，依然冷着一张脸，看到陈心悦的笑脸，更是不自然地别过了头。陈心悦友好的笑僵在脸上，嘴上不好说什么，心里已经送了她无数个白眼。依然是男生之间聊得友好和谐，女生之间冷淡无言，四个人一同进入了海滨浴场，在指示牌的指引下去了更衣室。

如果说要从外表上来对比陈心悦和张佳佳两个女孩子，那么显然两人是截然不同的两个类型。陈心悦看起来乖巧热情，张佳佳则是纤瘦冷淡。虽说早就知道去海边要穿泳衣，但到了换泳衣的时候，陈心悦才觉得到海滨浴场的聚会并不是那么简单。她回想了一下自己身上的赘肉，又看了一眼张佳佳超薄的身材，一阵自卑和懊丧的感觉涌上心头。领了更衣室储物柜的钥匙，两人一前一后走进了更衣室。陈心悦原本想最好能和张佳佳分别在不同的两排储物柜过道里更衣，谁知前台服务员看她们是一起的，给了两个连号的储物柜钥匙。陈心悦在心里大叫痛苦，却又找不到更换的理由，只好硬着头皮和张佳佳在两个挨在一起的储物柜面前站定。

张佳佳打开储物柜，开始自顾自地脱衣服。陈心悦站在一旁，看着张佳佳。T恤、短裤，张佳佳脱得只剩内衣内裤，发现陈心悦还站在一旁看着自己，没好气地说了一声："看什么看，换你自己的吧！"陈心悦一下子脸涨得通红，背过身去开始脱衣服。为了缓解尴尬，陈心悦一边脱衣服一边由衷地赞了一句："你身材真好呀！"张佳佳鼻子里哼了一声："和你比那确实挺好的！我们姜鑫夸了我不止一次两次！"陈心悦闻言迅速从尴尬和羡慕的情绪中脱离出来，一种被前男友的现女友比下去的气恼和被瞧不起的情绪如星火般迅速蔓延。她闭嘴，然后投入到换泳衣的专注当中去。她并不知道，她背后的张佳佳早已换好，正好整以暇地看着她的一举一动。正要穿上泳衣，她听见张佳佳颇有点玩味的口气说道："其实你身材也不错，不算是肥胖吧！"陈心悦闻言有些吃惊地回头"啊"了一声，恰好让张佳佳看到了她的正面。张佳佳不怀好意地笑着补了一句："噢！胸也不错。"陈心悦赶紧转回身，往身上套泳衣。张佳佳看她手忙脚乱的样子，胜利者一般丢下一句"我先出去了"，就朝更衣室外走去。

六

陈心悦手忙脚乱地换好泳衣，追着张佳佳出门去了。她边走边想，果然，更衣室一战自己一败涂地。等回去了，一定再也不吃甜品了，也不吃晚饭了，也不吃零食了！嗯，就这样决定了！陈心悦发狠一般地给自己定下了新规定。

由于不是旅游旺季，海滩上人不太多。四个人找了个地方，租了遮阳伞和躺椅，把东西摆放整齐，算是圈定了势力范围，这才开始慢慢往水里走。一望无际的大海、蓝天、白云，还有其他人玩耍的欢呼声，陈心悦感觉这样的美景和声音相互交融，相得益彰，让她的心情也变得好很多，她忍不住想要立刻跑进海里，跟海水来个亲密接触。冯俨看起来也挺开心。不过开心归开心，冯俨还是没有忘记照顾陈心悦的职责，他一边拉住陈心悦，一边对她说："你小心点，不要走到水深的地方去，浪扑过来了要记得闭眼睛，小心你眼睛容易发炎……"絮絮叨叨如滔滔江水连绵不绝。陈心悦心情好，也不嫌冯俨心烦，只一个劲地回答："知道了知道了……"顺势用力把冯俨往前拉，想要带着他一起跑进海水里。冯俨看陈心悦那么好的兴致，又想着自己和她一起能有个照应，于是闭上嘴顺着陈心悦朝海里跑去。两个人手牵着手，欢快极了，迅速将姜鑫和张佳佳两人抛在身后。姜鑫见状，赶紧也抓住张佳佳准备带着她往海里奔。张佳佳极不情愿地挣扎了两下，想要把手从姜鑫的手里抽出来，无奈小胳膊小腿儿拗不过姜鑫，最后也还是被扯进了海水里。

两对新婚小夫妻各自在海水里玩了一阵。张佳佳最先回到沙滩上，姜鑫留她不住，站在水里，看看一边不远处玩得开心的冯俨和陈心悦，也悻悻地回到了沙滩椅上。躺在椅子上的张佳佳幸灾乐祸地讽刺道："这感觉不好吧？看到你以前的女人跟别的男人那么开心、那么亲密！"姜鑫剜了张佳佳一眼，又把眼光落到还在海里疯玩的两人身上，慢条斯理却又不失凶狠地说道："你别在那儿说风凉话！"说罢，也躺在了椅子上。张佳佳呵呵地冷笑两声："结婚之前我要是知道你是这样的，鬼才跟你结婚！"姜鑫反问："我什么样的？你能不能不要什么事儿都往那个口误上面扯？"张佳佳忽地坐了起来，面对姜鑫大声地质问道："我扯？你看你这个样子，用得着我扯吗？我知道，你们全家都只喜欢那个陈心悦呢！可惜，"她话锋一转，变得有些冷冷的，"人家已经嫁人啦，劝你不要再想着什么有的没的。"姜鑫也坐了起来，指着张佳佳的鼻子有些气急败坏："你在说些什么？不就是我爸在婚礼上不小心说错了名字吗？你收了我家的彩礼，和我结了婚，难道不是我的媳妇吗？干吗揪着那个错不放？"张佳佳气也上来了，急促地说道："本来我也不想揪着不放，出来度蜜月也想两个人好好的，可是你看你，遇到了陈心悦就全变了！还要主动邀人家一起玩！我花钱是出来度蜜月找开心的，不是专门换个地方添堵的！"姜鑫闻言简直怒不可遏，伸手扯住张佳佳的肩膀，用力往下拉。张佳佳不防姜鑫来这一招，整个身体失去平衡地顺着姜鑫发力的方向跌了下去，掉到了沙滩椅下面。本来松松绾起的头发，被这突如其来的颠簸弄得披散开来。张佳佳跌坐在沙滩上，长长的头发胡乱地垂着，上面还沾上了些许细沙，那模样，着实有些狼狈。张佳佳就那样坐在地上，一动不动，透过凌乱的发丝，死死地盯着沙滩椅上的姜鑫，姜鑫被她盯得发毛，也感觉自己确实做得有点过了，于是嘴里轻轻骂了句"神经病"，就又躺倒在椅子上，闭上眼假寐，刻意地避开了张佳佳那让他心虚的眼光。

张佳佳看姜鑫避开了她，一个人坐在沙子里怪没趣，可满身的怨气又没处发，她扭头左右看了看，发现桌上的矿泉水，她噌地站起来，打开一瓶矿泉水，倒光了水，用力甩了甩瓶身上剩下的水珠，蹲下来，开始往瓶子里装沙子。装满了整整一瓶，她试着倾倒了一下，干燥的海沙一下子就从瓶子里流出来。她又重新将瓶子装满，站起来，走到姜鑫的头边，将整瓶沙子倒在了姜鑫的头上、脸上。姜鑫想要惊呼，谁知刚一张嘴，沙子就进了嘴。于是他不得不闭嘴闭眼，赶紧坐起来。张佳佳看姜鑫挪开了，丢掉手上的瓶子，回到自己的沙滩椅上悠闲地坐下来。姜鑫接连呸了好多口，才有力气转头骂张佳佳："你个泼妇、神经病！你吃多了没事干吗？"张佳佳一本正经地望着海里疯玩的陈心悦和冯俨答道："没有啊，不如有些人，有毛病一样喜欢看前女友和现任秀恩爱。"姜鑫没有理会张佳佳，自顾自地继续吐着口中的沙子，手也插进头发里捋动，想把头发根儿里的沙子全都弄出来。

七

姜鑫弄了半天，终于感觉头发里没有海沙了，看看旁边椅子上的张佳佳，闭着眼，呼吸平静，似乎已经睡着了。他又抬头看看海里的两人，发现他们正朝这边走来。他看见陈心悦和冯俨手牵着手，以夸张的程度前后晃荡着，陈心悦脸上露出骄傲又快乐的笑容，冯俨扭头看着陈心悦，也是满脸的欢喜。姜鑫心里有些不是滋味。曾经的陈心悦，在他身边也露出过这样的笑容。那时候他们也曾十指紧扣，走过大街小巷，吃遍犄角旮旯。陈心悦问过他："我们什么时候结婚？"姜鑫每次都想回答"立刻，马上"，可是每次陈心悦都不让他回答，就自顾自地开始描述起度蜜月的事情来。姜鑫记得，她说那地方要有好吃的，要有水上活动，要有秀丽风景……他记得，他一直记得，以至于到最后他以为这些对蜜月地点的要求原本就是他自己内心的要求。他和张佳佳结婚之后，他一个要求一个要求地对照，终于找到了现在这个地方，他想好好地和张佳佳度过一段轻松愉快的时光，却不想竟然遇到了陈心悦。在见到她的一刹那，他终于记起，这个蜜月地点所满足的一切要求，原来都是陈心悦的要求。于是他瞬间想起了很多曾经的事，那些曾经他拼命想要忘记的事情。他知道张佳佳这两天很不开心，从婚礼上父亲莫名的失误开始，他就觉得亏欠了她，可是他也无法向她说清，在再次见到陈心悦的那一刻，他在陈心悦面前表现出的一切都彻底地失去了自我的控制。原本他以为就算再见，他也能像对待一个普通人一样对待她，可当他看到冯俨，看到他们的笑容，看到他们十指相扣，他就忍不住要走上前去，打招呼，邀约一同出游，全然不顾忌张佳佳的感受。他甚至想要在陈心悦面前营造一种他很优秀很成功不可一世的形象，哪怕这样做，会让张佳佳气急败坏、歇斯底里，他也还是停止不了他自己这些可笑的行为。

陈心悦欢快的笑声传到姜鑫耳里，让姜鑫从自己的世界中清醒过来，他换上一副满带笑意的脸孔，主动向他们打招呼："你们玩儿了这么久！"冯俨赶紧回答："是啊，难得能这么放松，实在是很舒服！"说罢和陈心悦也各自坐在了自己的躺椅上。冯俨继续说道，"你们怎么这么早就上来了？也不多玩会儿。"姜鑫朝着张佳佳的方向努努嘴说："你看她，那小身板，身体差体力也差呗！"冯俨伸头看了看张佳佳，放低声音道："啊，她睡着了？"姜鑫也随着冯俨的眼神看了看张佳佳，随即点点头。冯俨调整了一下姿势，在躺椅上躺了下来，他轻轻对姜鑫说："那我们也休息会儿，别吵到她！"说罢他对旁边的陈心悦摆摆手，让她也躺下，然后闭上了眼。陈心悦见状，赶紧也躺了下去，紧紧闭着眼睛。她可不想单独面对姜鑫，天知道他会说什么。以她曾经对姜鑫的了解，估计多数都是挖苦人的酸话。姜鑫原本准备侃侃而谈，炫耀炫耀现在愉快的生活状态，没想到对方根本不给他机会。于是他也只好悻悻地躺下，睁着眼睛看着他上方遮阳伞的伞顶。

噗，噗，噗噗噗……伞顶忽然传来大水滴敲打伞面的声音，那声音越来越多，频率越来越急，渐渐地，形成一片哗哗的声音。姜鑫坐了起来，看向海面，下雨了。突如其来的暴雨瞬间让海里的游人们全都跑上了岸，雨滴带来的水雾，让姜鑫渐渐看不到远处了。刚刚躺下的冯俨、陈心悦两口子，听见雨声，也都坐了起来。陈心悦有些失望地说道："咦，怎么会一下子下这么大的雨！一会儿都不能下海玩儿了。"海风开始伴随着大雨癫狂起来，那些从海上倾巢而出的大风，裹挟着海水的腥味和雨水的冰冷，像无数飞奔而来的箭，唰唰地刺进四个人的身体。就连一直躺着没动的张佳佳，此刻也坐了起来，默默地在他们的袋子里寻找事先准备好的浴巾。陈心悦也拿出了浴巾，递了一条给冯俨。四人各自披上浴巾，又坐回到躺椅上，沉默地看着遮阳伞外的大雨。忽然，一个急迫的呼喊声划破了旁边的雨幕，闷闷地传来。那声音吸引了四个人的注意力，冯俨问："什么声音？"三人都摇摇头，表示听不真切。那声音越来越近，越来越清晰，大家都听到了，一个男人的声音，正声嘶力竭地喊着："浩浩，浩浩！我的儿子，你在哪里？"

八

四个人都听到了这个呼叫的声音。慢慢地，他们在雨水和水雾中看见一个人影，没有打伞，从左边的雨幕中向他们跑来，边跑边朝海里喊着"浩浩"。陈心悦他们不由自主地站了起来，看着那名在大雨中奔跑着呼喊的男子。此刻，整个海滨浴场除了雨声，就只剩下男人的呼喊声，所有伞下的游客都停下了娱乐和聊天，站在各自的伞下，望着这个奔跑的男人。男人似有些体力不支，脚步看起来虚软无力。深一脚浅一脚地又跑了几步，脚下一软，便跌在了沙滩上。他爬起来，看了看周围躲在伞下的游客们，忽然扑通一下朝游人们跪了下去，声嘶力竭地喊道："求求你们！你们谁能帮帮我，我的儿子，我的浩浩，找不到了啊！"一片沉默的海滩，继续保持着令人可怕的沉默，除了雨声和浪声，依然拍打着从容的节奏，继续声声交错。男人哭了起来，一边磕头一边说道，"求求你们帮我找找我的浩浩吧！"说罢，又朝着人群磕了几个头。陈心悦他们旁边的遮阳伞下忽然站出来一个男人，跑到雨中，扶起了这个磕头的男人，让他赶紧去前面浴场派出所报警，这里的人都是游客，估计都帮不上什么忙！

正义和同情也需要感染，一个男人站出来以后，旁边几个伞里也跑出了几个男人，扶着那个几乎瘫软的男人，打算一起去派出所。冯俨也跟着一起跑了出去。陈心悦叫了几声，没有叫住冯俨。只见冯俨跑去和那几个热心的男人聊了几句，连着冯俨在内的六个男人，迅速分成了两拨。其中三人扶着瘫软的男人径直离开了海滩，另外的三个人都迅速又回到了各自的伞下。陈心悦见状，一颗高高悬挂的心总算是放了下来，刚要问冯俨情况，冯俨主动先交代起来："他们说现在去报了警，估计会出动浅海搜救，但是等到搜救赶来就太晚了，我和另外两个人打算先在浅水处帮忙搜搜看。"

陈心悦一听死活不同意，死死抓住冯俨的手，说什么也不同意他现在下水。冯俨有些生气，使劲掰开陈心悦的手，严肃地说道，"你干什么？救人的时候，哪有时间让你耽误！"无奈陈心悦死死扣住冯俨的手臂，硬是不放，冯俨只得软语相劝，"你放手吧，我保证我优先考虑自己的安全……我就去海边看一看，不去远处！真的，你知道的，我水性不错……你看，另外两个都已经出发了，要是一会儿我和他们分开了，会更危险的！"陈心悦用余光看了看沙滩，见刚才跑回伞里的两个男人一前一后地开始朝海里走去，她明白自己拉不住冯俨，于是放了手。她紧张地坐在伞下，看着慢慢消失在大雨和大浪中的冯俨的身影。

　　站在旁边的姜鑫和张佳佳一直没有说话，眼看着冯俨就这样冲进了海里，张佳佳终于忍不住地说了一句："哎呀，这种时候还是不要当英雄啊，自私点的好！瞧那浪大的！"陈心悦闻言扭头盯着张佳佳。张佳佳不服输地补了一句，"你老公真是高尚啊！我们姜鑫可真是比不了！"说完笑嘻嘻地看了姜鑫一眼。姜鑫被这样一说，瞬间觉得面子上有些挂不住，讪讪地拿起身旁的水瓶喝了一口水，以此来掩饰自己的尴尬。陈心悦也笑了笑，说道："这个我当然知道，不然我怎么会甩了他！"张佳佳的笑意顿时凝固了，姜鑫的脸色也变得很难看。陈心悦不顾他俩风云变幻的表情和脸色，问张佳佳道，"怎么，你不知道是我甩了他？我不喜欢的，既然你喜欢，你就接着呗！"

　　张佳佳感觉突如其来的愤怒导致脑子里忽然嗡的一声，她整个人一下子跳起来，冲到陈心悦面前，死死地掐住了她的脖子，恶狠狠地说道："你说什么？你敢再说一遍？"陈心悦吓了一跳，但立刻就进入了"战斗状态"，双手一下子扯住了张佳佳的头发，使劲用力往下拉。姜鑫见状，虽然刚才心情不悦，但好歹还是喊了两声："你们别打别打！"张佳佳死死掐住陈心悦，脑子里一片空白，也感觉不到头发被抓扯的疼痛。陈心悦感觉张佳佳似乎真是往死里掐自己的脖子，于是手上的力度也绝不放松。两人就这样一直保持着各自的姿势，姜鑫见两人仿佛小宇宙爆发，那架势似要拼命，才终于上去抓住两人的其中一只手，拼命向外扯，想让她们都松开。也许是两人都累了，也许是两人都不想再打了，姜鑫拉扯了两下，就将两人分了开来。张佳佳跌坐在地上气喘吁吁，陈心悦咳嗽不止。姜鑫见陈心悦有些喘不上气来，赶紧倒了些水想递给陈心悦喝。张佳佳见状，犹如林中猿猴一般，迅捷地从地上爬起，以迅雷不及掩耳之势掀翻了姜鑫手中的水杯。三个人距离本来就很近，张佳佳掀翻水杯的时候下意识地避开了他们两人的方向，于是水杯和水完全地、一滴不漏地飞向了陈心悦。陈心悦猝不及防，脸上身上都是水，手还被水杯飞过去砸了一下。张佳佳大声呵斥姜鑫："你怎么就这么贱？她刚才说你说得那么难听你还端水给她，你有病吗？"姜鑫惯常在张佳佳面前呼来喝去，一下子被张佳佳这样呵斥，而且是在前任的面前呵斥，他顿时觉得丢脸，不管不顾地就对张佳佳打开了"争吵模式"："老子端水给谁喝关你屁事，就你多事！"张佳佳本来以为姜鑫和自己算是一边的，怎么说他们也是两口子，可是现在姜鑫竟然对她大吼，并且是为了维护前女友而凶自己，联想着结婚以来的各种委屈，张佳佳越发觉得这屈辱简直让人无法承受，扭头就往海里跑去。

九

　　张佳佳突如其来的行为让姜鑫和陈心悦有些呆愣，两人有些莫名地对视一眼，一下子反应过来，张佳佳这是在拿自己的命实践"死给你们看"！于是两人几乎同时冲进大雨里，奔着张佳佳的方向跑去。姜鑫毕竟是男生，腿长就不说了，体力也好很多，三两步就赶上了张佳佳，一把抱住张佳佳的腰让她动弹不得。陈心悦落在后面，看到姜鑫成功"制服"张佳佳，便默默转身往回走。虽然是夏天，但淋着这暴雨依然有些微凉意。她跑回伞下，拿起自己的浴巾，把自己严严实实地裹了起来。她坐下来，望着朦胧的海岸线，没有看到冯俨的身影。

　　不多时，姜鑫抱着还在胡乱挣扎的张佳佳走进遮阳伞，张佳佳带着哭腔不停地乱骂着，骂陈心悦，骂姜鑫。陈心悦没有心情也没有力气再和张佳佳理论，只是蜷在一边，盯着那看不真切的海面。姜鑫将张佳佳放在躺椅上，自己也疲惫地躺倒在旁边的椅子上喘着大气。张佳佳看两人都没理她，也就没再继续说什么。她捡起地上的一条浴巾，狠狠地砸到姜鑫的身上，自己也拿过椅子上的另一条浴巾，把自己裹了起来。

　　三个人就这样沉默地或躺或坐在自己的位置上，再无只言片语。其他伞下的游客们依然怡然自得地吃着东西聊着天。整个海滨浴场仿佛什么事情都没有发生过，只有雨声和海浪声一如既往地敲打着它们不变的节奏。

　　派出所带着浅海搜救的专业队员们赶到的时候，沙滩上的平静被再次打破。穿着黑色贴身泳衣的搜救队员们有序地在海滩上布置着。他们拿出了警示封锁线，长长的封锁线，几乎将整个海滩都分割为两段，游客们在远离海岸线的另一面，挤挤挨挨地围观着，海边上空荡荡地散落着黑色的搜救队员的身影。其中一名搜救队员拿着扩音器沿着海滩不停地向游客们喊话："大家注意了，我们马上开始搜救，请大家不要越过封锁线！"喊过几遍以后，他安排丢失了小孩的那个男人，手中拿起红色旗，站在海滩上不停地挥动，他说这样有助于在水中无法辨明方向的人找到明显的标志。也许是看到这么多专业队员的缘故，一开始瘫软在沙滩上的男人此刻看起来精神多了，他开始用力地一下一下地挥动起手中的红色旗，旗的每一次晃动，都传递了这个男人对自己儿子牵挂的心。陈心悦心里担忧着冯俨，她看到用扩音器喊话的搜救队员经过她面前的时候，一下子掀起封锁线，钻进了封锁区域内。她抓住那名搜救队员，告诉他在他们来之前有三个男人已经先下水去寻孩子了。搜救队员一听大惊失色："什么！有三个男游客下水了？"得到了陈心悦肯定的答复，搜救队员立刻撇下陈心悦朝一切准备妥当正要骑着水上搜救摩托艇出发的几名搜救队员小跑过去。陈心悦看着他跑去对那几人说了些什么，四艘摩托艇就嗡嗡嗡地发动起来，先后朝不同的方向驶去。

　　陈心悦的心忽然提到了嗓子眼儿，那搜救队员吃惊的神色让她感觉十分不安。眼看着搜救员出发了，她又默默地钻出封锁区，回到他们自己的遮阳伞下。看陈心悦担心的样子，姜鑫有些同情她。他偷偷瞄了张佳佳一眼，看她面无表情地望着大雨中的大海，他只得按捺住内心想要去安慰陈心悦的想法，继续坐在原来的位置上。无奈心里有了想法，实施对象就在身旁，他坐在那儿反而如坐针毡，姿势换了许多个，还是觉得不舒服。张佳佳扭头看了他一眼，悠悠道："你不是想去安慰人吗？去啊，别坐这儿扭来扭去，像茅厕里拱屎的蛆一样！"姜鑫闻言，也不管自己到底是不是那厕所中的蛆虫，欢天喜地地站起来朝陈心悦走去。张佳佳继续面无表情地望着大海。

　　张佳佳觉得很累。自从结婚以来，她觉得自己就像变了一个人，仿佛那些失爱的怨妇，不停地追问另一半到底爱不爱自己，计较对方的每个动作每句话。可她，明明才是一个新婚的女子啊！她一直忘不掉，在自己最美丽、最快乐、最幸福的婚礼上，公公上台发言的时候说错的那句话。"我在此祝愿我的儿子姜鑫和儿媳陈心悦婚姻幸福、快乐！"全场沉默了几秒，然后一片哗然。公公也意识到说错了话，赶紧纠正说"说错了说错了"，然后，重新说了姜鑫和张佳佳的名字。那是张佳佳第一次听说陈心悦这个名字，而那一次偏偏是那么关键的场合。到了度蜜月的地方，第一次偶遇陈心悦两口子之后，张佳佳曾义正词严地向姜鑫提出不要一起旅行，可是姜鑫却说她害怕面对陈心悦，说她不大气，说她上不得台面，还说这么多年过去了，他姜鑫跟陈心悦遇到了也就是普通朋友，没必要躲躲闪闪。就这样，张佳佳妥协了，换来了今天发生的这一切。她明白婚姻会复杂，她想过要如何做好别人的媳妇，却不知，做别人媳妇还要学会如何处理老公和前任的关系。

张佳佳就这样一边呆望着大海，一边内心五味杂陈，耳边时不时传来一些零碎的姜鑫劝慰陈心悦的话语："不要这么担心……搜救队看起来很厉害嘛……都是专业的，说不定一会儿他就跟搜救队回来了……"她真想站起来问姜鑫一句："你什么时候也能这样温柔地安慰你的老婆一下？"可是她真的觉得累了，什么都不想再管了。

+

不多时，雨停了，天空中还是有些阴沉。没有了大雨的阻挠，搜救工作开展起来变得更加容易。又过了一阵，三艘摩托艇陆续靠岸，队员们在岸边交谈了一阵，就都朝着同一个方向又出发了。很快，四艘摩托艇都陆续返回了。岸上的搜救队员大声朝还在认真挥动红旗的男人大喊一声："快来，你儿子找到啦！"男人一下子扔掉旗子，跌跌撞撞地朝摩托艇停靠的地方奔去。陈心悦听说搜救有进展，赶紧挤到人群最前面张望着，可是始终没有看到冯俨的身影。搜救队黑色的人影在沙滩上来来往往，陈心悦想抓住其中一个仔细询问，却见他们都忙着为失去意识的孩子做临时的抢救工作，无暇他顾。陈心悦耐着性子，等着搜救队员们将一系列的临时抢救工作完成以后，终于抓住一个准备收回警示封锁线的搜救队员问他另外三个先下水寻孩子的男人的踪迹。搜救队员有些奇怪地说道："怎么他们还没回来吗？刚才我们去搜救的时候，是他们先找到这孩子的，只是摩托艇不方便载人，我们看他们没事，让他们自己沿着海滩走回来。"陈心悦闻言，心中的一块大石头总算落地，与此同时而来的，是止不住盈眶的热泪，她双眼红通通地问清了冯俨他们回来的方向，狂奔着朝那边跑去。刚跑了一小段，就见冯俨和另外两个男人出现在沙滩上。她也管不了那么多，直直地扑进了冯俨怀里，一边掉眼泪一边说道："吓死我了，吓死我了！"当着另外两个男人的面，冯俨反而不好意思起来，他不由自主地抱着陈心悦，一边安抚道："没事儿，没事儿，这不是好好的吗？好了好了！"一边一脸不好意思的样子望着旁边的两个男人。那两个男人笑了笑，留下冯俨两口子先离开了。

陈心悦哭了一阵，从冯俨怀里抬起头，板着脸道："以后你不准再做这种事了！"冯俨故意问："这种事是哪种事？"陈心悦答："危险的事！"冯俨笑说："这可是见义勇为的好事啊！"陈心悦嘴一撇："我不管好事还是坏事，只要是危险的事通通不许做！"冯俨不依不饶地逗着陈心悦："不行啊，你老公我天生正义感爆棚！路见不平必须拔刀相助啊！"谁知陈心悦竟然大哭了起来，一边哭一边断断续续地说道："你……这样……你……考虑过……我吗？万一……万一……出……点……什么意外，我……我怎么办？"冯俨看到陈心悦这样，心里难受极了，赶紧把她抱在怀里，承诺以后再也不那么莽撞了，凡事多考虑他们的小家，多考虑陈心悦的感受。

哄好了陈心悦，冯俨牵着她慢慢走回了姜鑫他们所在的遮阳伞处。姜鑫看到冯俨，好奇又关心地走上前来问了两句，冯俨一一答了，一时四个人之间再无话说。冯俨斜着眼睛看了张佳佳一眼，只见张佳佳出神地望着大海，表情并不愉悦，他悄悄问陈心悦："怎么了啊？"陈心悦回避道："没什么，我们先回去休息吧！"于是冯俨会意，他知道在他离开的这段时间里，一定发生了什么。他主动跟姜鑫和张佳佳辞别："两位，我刚才又是大雨里又是大海里的，现在确实好累，我跟心悦先回酒店休息了，今天就不和你们继续玩儿了，你们玩得高兴！"姜鑫闻言，喏喏地应了一声，说了些"好好休息，辛苦了"之类的场面话，而张佳佳听到声音，只是看了冯俨一眼，便再没别的反应。陈心悦迅速地收好他们的东西，跟冯俨一同离开了海滨浴场。

等到陈心悦两人走远了，姜鑫也闷闷地坐了下来。张佳佳开口问姜鑫："怎么样？这样的蜜月满意了吗？"姜鑫反问："什么满不满意，搞成这样，还不都是因为你！"张佳佳从躺椅上站起来，恹恹地开始收拾东西。姜鑫看她一副要走的样子，连忙扯住她："怎么？要走吗？"张佳佳没有理会他，用力挣脱他的拉扯，继续收拾东西。姜鑫见张佳佳又跩又酷地板着脸，小暴脾气瞬间又上来了，他高声对张佳佳喊道，"跟你说话呢！听不见吗？"说罢，他又一把拉住背对着他收拾东西的张佳佳。张佳佳被这大力一拉，整个人都转了个方向，姜鑫这才看到，张佳佳脸上满是泪痕。姜鑫抓住张佳佳的手一下子放开了，像是忽然抓住了烧烫的火钳，烧得他疼痛不已，不得不赶紧放开。张佳佳就这样站着，无声地哭着，一滴滴眼泪不停地从眼里涌出，滑过脸颊，来到下巴两侧，聚集，滴落。姜鑫不知如何是好，只好沉默地看着张佳佳。良久，张佳佳伸手抹了一把脸上的眼泪，一字一句地问姜鑫："我们能不能，不要再和陈心悦有任何瓜葛了？我受不了了，真的受不了了。只要我看到你和她同时出现，我就控制不了我自己。我会说很多阴阳怪气的话，做很多连我自己都讨厌的行为。我只是个普通的小女生，我爱你，所以才会失控！哪个女孩子看见自己爱的人在自己面前和前任亲亲热热地相处会高兴？我若是开开心心的，那说明我一点也不爱你！"姜鑫看着张佳佳，有些自责，还有些说不清道不明的意味，他回想起他和张佳佳从认识到恋爱，再到结婚的种种，佳佳对他来说，确实是无可挑剔的美好结婚对象。他重重地点了点头，应承了张佳佳的要求。张佳佳乘胜追击道，"再也不要见面了好吗？"姜鑫继续郑重地点点头。他原本还想再问问陈心悦，当年她是不是真的像自己爱她一样爱过自己，可看到眼前这样的张佳佳，他明白这个问题其实并不是最重要的。更重要的是，未来，和他姜鑫一起生活的，是眼前这个身材瘦削、言辞尖锐、爱恨分明的女孩子——张佳佳。

姜鑫站了起来，陪着张佳佳一起收好东西，离开了这个曾令人惊心动魄的海滩。

我妈
和我爸
的爱情

1974年，我妈铁了心要去当尼姑。

话得从20世纪60年代说起，我妈念到初二，被迫辍学回到乡下。我外婆早逝，我外公以唱歌仔戏为生，常年奔波在外。回到家中的妈妈更不受她继母待见了。

没过两年，继母便以姑娘大了留不住，在外面会招蜂引蝶惹人闲话为由去游说外公，将妈妈草草地嫁人了事。

妈妈就这样嫁给了邻乡一个男人，心想着也罢，离开继母那个家，在夫家要能好好地过日子，也是很好的新开始呀。

妈妈过门一年后怀上了大姐。怀孕期间，男人却在外面猥亵幼女，最后被送去劳改了。

　　婆婆整天辱骂妈妈是扫把星，害了自己的儿子。妈妈每天只是偷偷哭。生下大姐，是个女孩，更受责骂，生产完，自己大冬天的去河里洗衣服，整个月子里只有冷粥喝，邻居一个大婶看不下去，趁婆婆出门，炖了一只鸡给我妈端来。结果一碗汤没喝完，婆婆就回来撞见了，怒气冲冲地把大婶撵走，觉得大婶给她难堪，我妈是丢人现眼，抄起竹扫把就开始打。

　　妈妈叹息说如果当时不是偶尔有这几口热汤喝，可能根本就熬不过那个冬天。

　　接着说，你知道乡下女人打架最阴狠的招式是什么吗？

　　婆婆把妈妈逼到墙角，一手掐着妈妈的脸，掐开嘴，另一只手就用手指伸进嘴里抠舌底，要把舌底肉抠烂，这样妈妈就会奇痛无比，而且伤口会非常难好，吃饭喝水都困难，也无法跟旁人诉说。妈妈急中生智死死咬住婆婆的手指，四目相瞪：你不松手我就不松口。这个画面在我脑海里是很诡异的，这样一对僵持的婆媳，但是一想，里面有个是我妈啊！就怪酸楚的……为什么不离开这个家呢？

　　我妈说当时孩子刚出生，太小了，带着孩子更无路可去，至少那里还有个遮风挡雨的地方。

　　苦挨了三年，男人回来了，对我妈涕泪交加、言之凿凿、悔不当初。我妈心里的火又燃了起来，那日子就继续过吧。

　　可不出一年，男人又趁同族一个表兄癌症晚期在上海治疗，和兄嫂好上了，再也没回过家。

　　妈妈万念俱灰的时候，发现自己又怀孕了……这一次呢？男人再也等不回来了吧，生活什么时候才是尽头？

大姐当时已经四岁了，妈妈看着大姐又想起自己，也是四五岁就没了妈，但是再苦也能长大，什么都是命吧？这次妈妈挨不下去了，于是做了当时最痛苦的决定，把大姐留给婆婆，然后去投奔她年逾古稀的外婆。想着把肚子里的孩子生下来，送人，然后出家当尼姑，一生清静。

而这会儿呢，在离我妈外婆家还隔着好几个村子，有个叫东石村的地方，住着一个瘦得人说像一根竖扁担支着一口锅的穷小子，有多穷呢，家里真的只有四面墙一口锅，拆了的门板就是床，他和老母亲生活，说起来也曾是乡里出名的神童，看书识字过目不忘，是乡小学保送到镇上读书的苗子，因年少丧父，兄长挤对而失学，回家靠在队里给大家记工分生活。

因为太穷，早过了婚娶年纪，没有姑娘愿意嫁进这户人家。

有天大家又调侃起他娶不上媳妇这件事，突然有人说起我妈——一个被男人一再背叛，投靠外婆，等着生完孩子当尼姑的女人。小伙子心里疼了一下，还没再多问一句，旁人就插嘴说，不好不好，这个女人念过书，农活肯定干得少，你家这么穷，一定得找个像头牛一样能干的女人才好，况且人家大着肚子，一过门就带个包袱。小伙子一听眼睛更亮了！念过书！多好的女人！！

小伙子固执地打听了我妈的情况和住址，找了一天提前把活干完，偷偷地躲在我妈每天从她外婆家去田里干活的路上。等了半个多钟头，终于看到一个瘦弱的女人戴着斗笠，梳着两个长辫子，挑着粪水，走了过来，越走越近，越走越近……我妈说起这段，忍不住总是笑：小伙子看呆了！惊为天人！！

　　嗯，小伙子回家，一宿没睡。

　　第二天，小伙子软磨硬泡了一个和我妈外婆相熟的人，把他领去我妈外婆家打了个照面，那个年代啊，人总是格外地腼腆吧，小伙子过去就是点头憨笑，啥都不说，中间人也啥都不说，但意思就是：阿婆，这个愣头青是我朋友，今天我们刚巧路过你们村，他陪我过来坐坐。

　　从此，小伙子每天都无比勤快，提前干完活，黄昏的时候走上十几里路到我妈外婆家坐着，我妈那会儿不爱见人，尤其是生人，一有客人来就躲进屋里。小伙子并不擅长言谈，每天这样来，常常只是傻坐着，偶尔能见到我妈躲进屋里的匆匆一面，更多时候是连面都见不着。起初，我妈外婆就想啊，这个小伙子怎么这么奇怪呢，又不熟，天天太阳要下山了就跑来跟木头一样杵在我家，但是我妈外婆又是个相当开朗和善的老奶奶，也不轰他，也不再多想，一天两天一段日子下来，就也扯扯家常，扯到八九点多，该睡了，小伙子就告辞走了。

　　三个月后的一天，小伙子没来，中间人来了，递给我妈和她外婆一个红包，说媒。我妈一下明白了，哭了起来，倒是她外婆乐呵呵地拆了红包，里面都是皱巴巴的零钱：8块6呢！！我妈一把抢过红包，塞回媒人手里："我不嫁！我这辈子都不会再嫁了！！"

　　媒人悻悻地把红包还给小伙子，小伙子一看黄了，大病一场，不吃不喝，就盯着天花板发呆，小伙子的母亲劝他："那就算了吧。"没想小伙子沉默了半晌，一字一顿地说："这辈子，我非她不娶！"

养好病，回到队里，一切如常。嗯，小伙子一切如常地每天黄昏的时候走上十几里路到我妈外婆家杵着，有时，外婆劝他，有时，也劝我妈，有时，妈妈从房间里冲出来撒着气把小伙子轰出去。第二天，小伙子依旧一切如常地来杵着，风雨无阻。

妈妈没说过小伙子没来的白天和走了以后的黑夜，她在想什么。总之，她的肚子一天一天地大，他一天一天地来，毫不介意妈妈是冷冰冰还是气呼呼，更不理会别人的嘲讽或劝说。

又过了几个月，一年的最后一天，妈妈肚子一阵疼痛，要生产了！

这个当口，婶婶姨姨们该帮着手忙乱成一团了吧？不料我妈的外婆嘿嘿一笑，出门差了个邻居孩子，赶紧跑到东石村找那小伙子。

邻居孩子找到小伙子，上气不接下气地说："喊你蹬辆自行车赶紧过去！"小伙子一震，立刻会意！急急忙忙借了辆自行车风风火火地就去了我妈外婆家，我妈一看他来了，这不对啊？！但是生产的当口，像捆好了的猪羊一样，由不得自己，就被三姑六婆简单粗暴地架上了自行车后座！小伙子缓缓推扶着自行车，满头大汗，看着天色越来越黑，一心急着把我妈转移到自己家歇着，又怕快了不平稳震伤了我妈。两人一路默默无话。

进了小伙子家，就算过了门。躺下，没多久，二姐出生了。那天是元旦，一切都是新的。

嗯啊，小伙子就是我爸啦。

据说爸爸那时只会憨笑，不敢过分亲近妈妈，就是对她好，奶奶也慈祥。家里穷，母子俩借鸡借蛋，就这样伺候着我妈手不沾水、脚不下床坐月子。

坐完月子后的一天，妈妈对爸爸说："去咱们地里看看吧。"

爸爸和奶奶一直对二姐视如己出，兜里的宝贝、掌上的明珠，偶尔在人家喜宴上得了一块糖，再远都要带回来给姐姐吃。爸爸一直非常要面子，家里穷骨子里却极度清高。可是有年夏天，他和三岁的姐姐路过别人家的荔枝园，姐姐看着满树梢的荔枝挪不开眼，想吃，可是家里没有。爸爸竟然从篱笆下一个大缺口钻过去，爬进林子里，却又不摘树上的荔枝，捡了些掉在地上的荔枝出来，给姐姐吃，自己一个都舍不得吃。

妈妈挂念当初撇下的大姐，又不好说，那么穷的家，一家四口过日子已经很困难了，只能有时叹气，最终还是被爸爸发觉了，爸爸知道后，二话没说，拉上妈妈，去那个旧家，把大姐抱起就走，甩下恶婆婆在身后骂骂咧咧。

遇上偶尔乡里哪个村放电影，爸爸妈妈就一起去看，要是妈妈没去，爸爸一个人去了，回来一定会绘声绘色地说给妈妈听。更偶尔家里有余钱能裁件新衣服裤子什么的，一定是给姐姐和妈妈，如果妈妈没有一起买新衣服，爸爸也绝不买给自己。

而妈妈呢？旁人口中这个念过书、农活干得少的女人，刚嫁给爸爸，每每下地干粗活重活，在田里总免不了遭几个粗壮的农村妇女嘲讽奚落。但是不到一年，妈妈成了远近闻名、家里田里都贤惠能干的一把好手。

过了几年，又有了我，又有了弟弟，爸爸妈妈背井离乡，走街串巷挑担子卖水果，又后来，做起了建材生意，家里越来越好了。

1997年9月的一天，在生活里的一切都如日中天的时候，爸爸因为一场意外突然去世了。

说什么难过啊难挨啊，一家人突然失去了支柱又跌入了低谷啊，这些也都过去了。

妈妈常常梦见爸爸。有时是爸爸回来了，找不到刚搬完的新家的门。有时是爸爸对妈妈说，他没死啦，遇到一个高人，在深山里修炼绝世神功呢！有时是爸爸说他爱吃的鸭腱怎么都买不到了！

我们靠讨爸爸生前人家欠我们家的债务生活的那些年，妈妈常常去人家家里坐半天冷板凳，讨不到一杯茶水喝，妈妈回来就跟爸爸说。偶尔人家还了，妈妈就兴高采烈地跟我们说，肯定是爸爸在保佑我们啦！一定是托梦给人家讨债了啦！

有一次妈妈跟了个大婶去找神婆问我爸在那边过得好不好，神婆借爸爸的口回答："可好啦可好啦，你烧给我的衣服都穿不完，钱也花不完，我开车都有司机，对了，我在这娶了个新老婆，她才三十多岁，挺会照顾人呢！"

于是，妈妈气鼓鼓地回来，醋意满满地说："明明说好了那么多次，要等我呢。"

嗯。这是我爸和我妈的爱情。

时间
酿造

这一年我给她打过四次电话，两次在年初，第三次在昨天，这中间长长的十个月里，我们只有过两封问好的电子邮件。第四次就在十分钟以前。

2005年她回国，一帮朋友邀约到南门见面，为她接风。那天是周五，她被堵在路上，迟了二十分钟，出现时，远远的一个抱歉的微笑，仿佛把时光拉回了校园的生活。她一点变化也看不出来，还是学生模样，白T恤、牛仔短裤、双肩包，头发还是齐眉的刘海，让人不太相信一别已六年。大家打趣她的迟到，微笑着挨个与她拥抱，到我时，我伸出手，矜持地握了握。

喜欢她是从她透明的皮肤开始的，不过好像仅限于欣赏。她的脸白得一尘不染，但不是苍白，透一点红，很健康，隐隐有透明的感觉。我暗暗叫她玉娃娃，但从没想过要捧在手心里，以我的轻狂，最好的美玉最容易被打碎，我不忍去破坏一件纯真的艺术品。

那时候，我们一大帮人天天泡在网球场。她来的第一天，抱着一大瓶可乐，好贵，对当时的学生来说很奢侈，她大方地给每个人倒了一纸杯，端到我面前时，我赶紧接住了。她笑："小心，别洒了，你那白衣服沾上就不好洗了。"白？我打量了一下她脸庞，贼兮兮地说："还是你白，呵呵。"她大大方方做了个鬼脸。我灌了一大口说，"真爽，谢谢。"她歪头笑了。她是那么爱笑，随时都能听到她的笑声飘在网球场，甚至背影都好像带着笑意。

我们认识了，同时一起得到可乐的几个人因此都认识了，成了好朋友。其中一个是他，一个高大帅气极聪明的男孩。他不仅俏皮话说得好，随口而出，惹得大家哈哈笑，学业上也出类拔萃，在这帮人中很快成为核心之一。还好，他没有学文，而我没有学理，对那时候的我怎么都觉得是件值得庆幸的事。

校园时期的单纯，让我们的友谊非常紧密，到了几乎没有秘密的地步。对她的好感在我们男孩之间萌动并蔓延开来，心照不宣。我借口有女友以掩饰自己的情动，按我的设想，他毫无疑问是她最恰当的情侣。所以我宁肯不去想她，到后来还真的可以不想了，而我的女友在哪里，我还都不得而知呢，我早就意识到自己适于孤独。

不久后，一个不知天高地厚的局外人居然向她发起了攻势，表现很拙劣，装出可怜兮兮的样子想俘获她善良的心，并称如她不同意，自己将死得很惨。我们的一致意见就是想看看他究竟会怎么死。尽管我们知道这不过是一个无足轻重的小意外，但或许有一天她将成为圈外某人女友的恐慌在我们之间骚动起来。

我们几个合谋撮合他和她，这显然是一桩连老天都会眉开眼笑的好姻缘，我们这些俗人更为此热血沸腾。搭桥工作开始了，有条不紊地进行着，集体活动频频举行，两天一小聚，三天一大聚，不让外人有接近她的可能。那时候我们开怀的笑声在校园的各个角落到处洒落，甚至洒到了香山山顶。就是在香山那一次，我们如愿以偿地看到了他和她挨在了一起，手互相牵着。我们怀着欣慰和微酸的味道，在他们不远处相视而笑。

此后，聚会逐渐减少了，学业的负担加重也是原因之一，大家也相继有了情感的归宿，不管是否中意，先找一个填补些落寞。我又开始了独行，早晨在校园的林荫道上走过，每天下午去踢球，到天黑了才回宿舍。没有聚会的日子不精彩，但很清爽。

转眼，半年过去了，她因为过于优异的成绩，大二就要去加拿大了，全奖，是件令人咂舌的好事。可是他却忧愁起来，前车之鉴很多，一方出国后没有不散的鸳鸯。他希望她不要走，可她还是走了。她哪天离开的我都不知道，后来别人传来她早走了的消息，我才恍若一梦。从此，我几乎没见到过他，只知道好像也在为出国而努力忙碌。我依旧下午去踢球，几乎每天都是最后一个离开球场。

我把所有的热情都倾注在那黑白两色的圆东西上了。

又过了半年，他去了日本，那边有亲戚。我觉得对他来说，从日本想办法去美国，不是件很难的事，听听就扔到了脑后。

几个月后的一天，在中关村意外地碰到了他，聊了一小会儿，好像是回北京办什么手续，他的出国梦已经抓到了手中，我祝贺了他。话别时我们都忘记了留下对方的联系方法。她的音信我也没有问，石沉大海。

这圈子早已散了，没有出国的只剩下懒散的我了，我一点出去的打算也没有。对未来，我唯一在做的事就是等待，等待。

放开她的手，大家嘻嘻哈哈一团，都没有提及他，他们在国外互有联络，彼此的情况要清楚些，不该提的我自然就不会问，看得出，他留给她的记忆并不愉快。紧跟着，大家伙儿去"上风楼"暴撮了一顿。

"嘿，你现在在干吗呢？"有人问我，口齿都有点变了味。

"你说的是美国口音的普通话吧！"我问，大家笑起来，这个问题被掩了过去。是啊，我在做什么呢？在一家出版社当编辑，每天像驴一样忙碌，脑子里堆满了一个一个小黑方块，定睛一看，原来是字。每天我的意识都在这些方块间游移，我自己是谁，早已忘记了。

她坐在我正对面，淡雅的笑意从眼神深处透露出来，拂过我的面颊，我脸一热，向她举杯示意，她也举起杯抿了一口，又笑了，还是那个玉娃娃。

结账时，大家争先恐后地掏出钱包，正在争执，服务员过来说已经有人埋单啦，问她是谁，她抿嘴一笑不肯说，就走开了。大家攥着钱包，莫名其妙互相环视一圈，看看只有她没有拿钱的动作，很淡定地坐在那里微笑，就都明白了，都说："好吧，我们欠你一顿。"

稍稍聊一会儿，各回各家。我去亮马桥，她去麦子店，顺路。她说打车走吧，我说坐302，省点钱。她无异议。

车上，她说想看我写的诗："听说你写了不少呢。"

"呵呵，谁瞎说的？！"

"能看到吗？"

"有机会吧。"

"好，我们说定了。"

买车票的时候我正要拿钱，她说："我来吧，你已经请大家吃了一顿丰盛的晚餐。"她是怎么知道的？看着她，我默然无语，在车内昏暗的光线下。

我们在长城饭店那一站下的车，上过街天桥。风从两端开阔的三环路上拂来，很清爽。缓步送到她家楼下，她握握我的手："有老朋友真好，无论多少年没见，还是那么亲。"

"是的。"我轻轻握了握，放开她的手，转身往亮马桥方向溜达过去。经过Hard Rock门口时，一抬头，那把光灿灿的大吉他很美国味地直指天空而去，射出一片媚俗的光芒。屋檐顶上悬着一辆红通通的跑车壳，也盛气凌人地闪烁着。我住在灯红酒绿的边缘，可以不时观察一下我的邻居们。夜很沉了，可夏天的夜晚总有点令人难以平静的味道。

　　三天后，她又走了，一走又是两年。后来从旁人处得知，他出国两年后就结婚了，新娘是个圈外人。挂上电话，我想想这个"圈"字的含义，不由得笑了。

　　她再回来的时候还是那副样子，但身份变了，是一个外企的头。我很难想象她和总经理这个头衔能扯上关系。她掌舵的公司会是什么样子？我对她除了笑容以外的一切，一无所知。

　　春节过后，我百无聊赖地窝在沙发里，逗逗撒娇的猫，顺手打开了电视，正在播放手语新闻，看着看着，我突然陷入一种莫可名状的焦躁里，连聋哑人都发明了手语，有语言才有沟通，对吗？我关上电视，在窗边站了一会儿，犹豫再三，鼓起勇气拨通她的电话。

　　"嘿，又是一年没见，你忙多了吧！"

　　"是啊，忙死了，我要不忙死，公司就要死，怎么抉择呢！呵呵。"

　　"公司是不能死，你也不能累死吧。"

　　"嗯，我得工作了，先不和你聊了。"

　　"好吧。"我扭头看看桌子上的表，10点了，她还在工作！

　　"有空我给你打。"她急匆匆地说。

　　"好！"

两天后，电话响了，她总算有了点时间，我们叙叙旧，提到了他。

"他结婚了。"她顿了顿，"结婚的时候居然都没让我知道，怎么能做出这样残忍的事情来呢？"

"是吗？可一开始，是他央求你不要出国的呀！"

"唉！我想，真正经得起考验的爱情怎么会过不了出国这一关呢？"她叹了口气，沉默了一会儿，"看来他并不是那么爱我的。"她即便难过，埋怨的口吻仍旧那么柔软，符合她嘴唇的形状。

"……"

"你怎么不说话呢？"

"我？我在听呢。"

"你的女朋友呢？"

"哪个女朋友？"假若我不这么问，或把"哪个"两个字换成"什么"，也不会产生后来的误会，我忽略了女人的细心和疑心。

"哦……看来你过得挺好的。"

"还可以吧。"

"好了，先挂了，有时间再给你打吧！"

"好的，晚安。"

这一年，有一个灰蒙蒙的春季，一个炙热的夏季，秋天异常短暂，以至于冬天显得特别漫长。我在年中换了个工作，有时候骑车上班，有时候坐公交车。除了单位和同事换了新的面孔，其他似乎没有任何变化，日子仍旧在一成不变地缓慢流淌。

　　圣诞节到了，我收到她的短信，一个笑脸，一句祝福。于是我回了个电话。

　　"在哪儿呢？"

　　"在家里。"

　　"一个人？"

　　"是啊，你呢？"

　　"我也在家。"

　　"一个人？"

　　"是的。"

　　"你女朋友呢？"

　　"我没有女朋友。"

　　"什么时候分手的？"

　　"我？我一直是一个人的。"

　　"怎么会！你好像有好多女友啊！"

　　"传闻吧，不是的。"

　　"我还以为你……"

　　"以为什么？"

　　"没什么，我困了，先挂了。"

　　"好的，圣诞快乐！"

　　"你也是，呵呵。"

　　这是这一年的第三个电话，挂上后，我打开窗，迎着猎猎北风，将所有的心事洒在夜空，往日习惯了灯光的地方今夜愈加明亮。

听了一夜音乐，看了一夜书，天亮了也没有困意。中午草草用完饭，昏睡一觉。

半夜，收到她的短信：想聊会儿天吗？

是的，我心说。手指在手机上跳动起来。

"是我。"

"嗯！"

"你怎么了？也感到孤独了？"

"是的，这么些年来一直很孤独。"她叹口气，我能想象出她说"孤独"两个字时的口型，透明的颜色。

"我也很孤独，假如……"

"是的。"

"什么是的？"

"你说，接着说。"

"不，你说。"

"我不，你说，我听着。"她的温柔有种难以抗拒的力量。

"要是……要是你有时间的话，明天我请你吃早餐。"

"呵呵，好啊，我穿戴整齐等你，回学校去喝豆浆，吃腐乳抹油饼。"

"好啊，随你好了，那早点休息，明天一早我去敲你的门。"

"明白，嗯……你笑一笑给我听好不好？让我的冬季有点温暖吧！"

"……"

这是我们今年第四次电话。有语言才会有沟通，是的。

——等等，电话又响了，是她的号码："嘿！"

"嘿。"

"我睡不着，我们去吃夜宵好不好？"

"真巧，我也是这么想的。"

文——关漓

少女

人到中年，衰老是件令人很尴尬的事情。

骨与骨、皮与肉之间的距离渐渐变大，脂肪好像认得路，挤挤攘攘地聚集到腰腹、大腿内外侧。人老了一轮，体格大了一圈。所以我尽量少照镜子，更少拍照，我害怕我，总是逃开镜面里一闪而过的面孔。

连感冒一场，拖的时间也比以往长，喀喀喀喀，昼夜不歇。最让人羞愧的是，经常一用力咳嗽，就难以控制地漏出尿液。第一次发生这种状况的时候，仿佛时间之手突然穿过胸膛，在胸腔里准确地找到一颗心脏，像捏一只红色的气球，瞬间把它捏爆。

也没有生气，而是有一种泄了气的难堪。

我的生活简单有规律，每一天都像是同一天，做的事、走的路都是一样。上午送完小孩去学校，原路回来，路过一家超市，买好菜，回家做家务。周末会有一些不同，但是周末和周末，也找不出什么区别。

超市新开不久，我基本上天天去一次，蔬菜鱼肉都很新鲜，生活上方便许多，不用跑远路去菜市场。超市里的收银员都是一些小姑娘，年纪不大，不过十八九岁的样子，穿着统一的工作服，站在每个收银台前。

其中有一个女孩子，大概因为骨架小的原因，显得更加稚嫩，是个可爱的少女。她倒没有长得特别漂亮，眼睛不大，细细长长，眼角微翘，下巴尖尖的，笑起来像一只小巧的狐狸，还未学会心机、狡猾的年幼狐狸。

她很爱笑，反正我每天见她，她都在笑，有几次在她的台前结账，她还会找一些话来跟我聊，渐渐就有些熟悉了。她记得我的会员卡号，不用我再说，她会直接帮我输号码攒积分，再后来更熟一些，她知道我的信用卡没有密码，直接帮我按下确认，觉得我与她一样，了解其中的默契。

只是我比较刻板封闭，太过热络让我不太自在，于是经常刻意绕过她，去其他收银台排队。有天正好只有她一个人在，我只能推着超市的推车，等在她的台前。她看见我，先是笑，随后噘起嘴，嗔怪：“你好久都不来我这边了。”

我有些不习惯她用这样的口气同我说话，讪讪地回答：“我没看见你。”

她问了我一些日常的问题，比如小孩子几岁，念什么班，我自己有没有工作等，我都老老实实回答。她抿着嘴笑，眼睛笑得弯弯的。

后来她就直接招呼我，我也不好意思躲开。只是我不怎么擅长聊天，她说话时，我只会简简单单笑笑。她可能觉得我木讷吧。

有天上午，我有点事情，去得晚了，她已经准备交班，东西都收拾好了，看见我来，又把小箱子里的物品一样一样取出来，专门等我结完账，才又重新收拾回去，跟我说："我要休息去啦。"

我点点头，说："谢谢。"

我隐隐约约觉察到她对我的好感，只是无法确定。直到某天，她的鼻梁上不知道什么原因贴了一块粉粉的创可贴，看上去很滑稽，我站在她面前的时候，她望着我，似乎期待我能问一问她，可是我一言未发。她的眼睛里，清清楚楚盛满失望。我几乎都能感受到她的酸楚。

因为酸楚，红了眼圈，红了小巧的鼻尖，然而还要忍住眼泪，看起来可怜兮兮的。

我能说些什么呢？

我只知道，我正在被她喜欢。可能是像喜欢一个姐姐那样喜欢，可能是觉得我像她的妈妈，甚至也可能，几乎是一段爱情的开端。

她一定希望我能了解，默默做了许多事，新换了发型，一遇到我的眼神，脸忽地红透，耳朵、脖子都红了，随后低着头笑。

我曾经也是一个少女，怎么会不明白喜欢一个人的感觉呢？不过我又能做些什么呢？只能辜负了吧。

其实我也有改变，知道她在看着我的背影，我会挺直脊背，尽量让腰肢柔软一些，走着深情款款的步子。走出她的视线。

当我走到街上，那位可爱少女的情意，如同流水一样跟随着我，流淌过我，一层一层洗去我皮肤上的时间。

走在街上的，不再是一个中年人，而是另一个少女，发丝柔软，面颊如新开桃花，映在新枝浅叶间。

而街也不再是街，而是一场蒙蒙细雨，雨丝落在肩上的声音，细语般动听。

文
——
黄青蕉

这是一篇
孤单的爱情
小说

李近又消失了。

这是这个月的第二次。上一次是在一个凌晨，2:03，当施佳期在手机上毫无营养地互相发了好几轮"白痴""胖子""松仁大小的脑瓜"之类的人身攻击短信后，李近用一个"嘻嘻"结束了谈话。

然后施佳期就知道他消失了。甚至都不用打个电话确认一下，她就是知道。

也许这就是身为那个人的女朋友所必须有的自觉？

施佳期握着调羹，低下头继续把面前的汤喝完，不敢看对面的空椅子。但就算不看，李近的离开还是形成了强烈的视觉暂留，哪怕闭上眼，也烙在视网膜上面。

周一，施佳期起床，上班，下班，健身，回家，躺平，上网，睡觉。

周二，施佳期起床，上班，下班，看一场半价电影，回家，躺平，上网，睡觉。

周三，施佳期起床，上班，下班，健身，回家，躺平，上网，睡觉。

周四，施佳期起床，上班，下班，逛超市，回家，躺平，上网，睡觉。

周五，施佳期起床，上班，下班，健身，吃夜宵，躺平，上网，睡觉。

……

日子有他没他，还是照样过。只是难免有些焦躁，看到与他同款的球鞋，差不多的个头，心里都像猫爪子挠过一样，疼是不疼了，但印子还在。

也不知道这个傻瓜现在在干吗？他另一个热热闹闹的世界里，真的有属于自己的一块空白吗？

李近有两条结实的大腿，李近有一双招人的小狗眼，李近有一个软乎乎的肚腩，李近有一颗略歪的虎牙。

李近的体温不高，夏天黏着睡也不会太热，李近爱吃辣也爱吃甜，灌起汽水来好像不要钱，李近牌打得很好，李近的指甲长得很难看。

这么多、这么多的细节，也不能证明李近实实在在地存在于这个世界过。因为所有这些，只是施佳期看到的，只是施佳期感觉到的。

除此之外没有人知道。

很久以后施佳期才接受，这个世界上有些东西就是无法用常识来解释的。

比如一个随时会消失的男人。

比如爱上一个随时会消失的男人。

比如爱上一个随时会消失的男人之后，他却再也不回来。

关于李近的行踪不明，施佳期已经从生气、伤心、别扭，到最后麻木地习惯。他总是不定期地消失，任何时间、任何地点，只是咻的一下，他就从这个世界里完全地抹去了踪迹。当然同样地，任何时间、任何地点，他总是有办法咻的一下，又回来。

只是她从来不能掌握这其中的规律。哪怕列出一个表格，逐次记录下每一次消失和出现的时间点，又或者按时间轴画出抛物曲线，也始终找不到确切的答案。

施佳期唯一能做的事情只有一件，那就是等待。

施佳期认识李近是在一次聚会上，在一片互认亲爱的、互吹牛的热烈氛围中，有个男人从后面拍了一下她的肩膀："姑娘，给我点一首《一无所有》呗。"

施佳期回头看了看，以为会看见传说中的文艺老愤青，脸拉得老长，贼溜溜的眼珠在无框镜片后面闪动。

但她看到的却是干净的短发、白色T恤、小狗眼和歪掉的虎牙。

萌，戳心戳肺地萌。从初二暗恋大班长以来，施佳期觉得已经好久没有见过这么萌系的男子了。

就算他要唱《一无所有》，她也原谅他；就算他要唱"套马杆的汉子你威武雄壮"，她也原谅他。

这，也许就是传说中的花痴吧。

作为一名高贵冷艳的女民工，施佳期当然不会没羞没臊到大大方方地当场问人家要电话号码、加QQ、微博、人人好友，说实话当初她做的唯一算得上积极的事情就是打开了微信摇一摇定位附近的人，猥琐地企图旁敲侧击到该男子，然后假装得跟马路牙子上骑自行车碰瓷的老爷爷那样淡定中不失优雅地联系人家："朋友，歌唱得不错嘛。"

可惜当时施佳期正身处节假日黄金时段三环以内最火爆的KTV里的最大的包房内，所以结果是什么你懂的。

还没等那一大拨秀存在感的呆子们把头像缓冲完，施佳期的手机就不争气地彻底断电了。

而更悲伤的是，忙于这一切的施佳期甚至都没注意听一下，那个男人的《一无所有》到底唱得怎么样。

人际关系七步理论说，任何两个自然人之间，都只隔着七个人。

这个理论一定不适用于李近和施佳期。因为事隔好几天，当施佳期终于把自己的没羞没臊值加满了鼓起勇气上QQ震了当晚一起去的女朋友张维希，是否记得现场一名唱着《一无所有》的小狗眼萌系男子时，那边只是沉默了一会儿然后回答：

"当时我应该是出去吐了……等等我帮你找那天的东道啊，你问问他，绝对欢场交际花，骚贱萌帅过目不忘。"

于是又等了一会儿，一个陌生号被拖到了临时群里。当施佳期把之前的问题复制上去之后，交际花只回了她两句话：

"那是谁啊？"以及："你又是谁啊？"

See？连交际花都没有印象的男人。鉴于施佳期绝对不承认他不萌到像自己一样完全不能引人注目，那唯一的结论只有一个——当时只有自己看见了他。

有时候施佳期会回想这毫无建树的小半辈子，前十八年都在幻想并期望自己是芸芸众生中特别的那个，并不断寻找着各种莫须有的征兆来证明这一点。比如右手食指上有颗浅色的痣，举起来正对天王星就能召唤神龙；脊椎侧弯是天赋异禀，等它撸直那天就能当救世主拯救地球之类。当然更多的还是一些平易近人的小幻想，比如自己家其实从小就跟贝克汉姆家定了娃娃亲，长得跟金城武一样的神秘特工会在放学路上劫走自己从此亡命天涯二十年啦之类。

但施佳期从来没幻想过成为一个不存在的人的女朋友。

不能以此为荣，不能以此为傲，不能让全世界的女人露出羡慕嫉妒恨的眼神还要假惺惺地祝福你，不能每天贱兮兮地发微博互相秀甜蜜顺带炫耀新收的礼物。

因为他根本不存在。

在李近之前施佳期不是没有尝试过谈恋爱这回事。但是，怎么说呢，一直到了李近这儿，施佳期才真正算搞清楚了所谓男朋友是怎么一回事——男朋友不是值得仰视的身高，值得垂涎的外貌，值得夸耀的好工作，而是当他在的时候，只是坐在一边沉默地看着他拉屎刷微博也心生幸福；当他不在的时候，做梦也会梦到他抠脚丫的样子。

吃不着的时候想吃，吃得着的时候还想吃，这就是抽大烟，以及真正爱上一个人的心理活动。

这样一想，就越发觉得对不起之前那些蜻蜓点水的前男友了。其中一个处得最长的耗时三个月，但从陌生到熟悉自带的新鲜感可能就持续了三天不到。促使他们分手的很大原因在于，某一天百无聊赖待在一起时，施佳期突然惊恐地面对着这个男人，发现自己从食欲到性欲，什么劲儿都提不起来。

三个月就这样，真要结婚了，三年，三十年，这是过日子还是蹲监狱呢？

但李近就不同了。蹲在李近身边，施佳期身体倍儿棒，吃嘛嘛儿香，一口气上五楼，不费劲儿。

这样重大的利好条件下，就算对方是个不存在的人，也没什么不能忍的吧。

　　倒回去说说施佳期再次遇见李近的日子。

　　愚钝的施佳期在那一天浑然不觉自己即将迎来个人史上一个重要的分水岭。时值六月，太阳像不要钱的金箔那样金灿灿地铺满了整个周末下午，施佳期跟张维希正躲在冷气狂放的大商场里喝着下午茶混着日子，突然有个高个子身影从眼前一闪而过。

　　"你看那个……"施佳期瞌睡边缘的脑下丘忽然被刺激得电光狂闪，一只手挥出去指住大门，张维希丢下咬了一半的肠粉，眼珠子都快凑到施佳期的指头尖上了：

　　"啥？啥？什么？谁？"张维希的反应能赶上一头小型猎犬，但茫然的眼神出卖了她没有跟同伴捕捉到同一头目标的事实。在那一瞬间，施佳期积攒了二十大几年的搭讪勇气卡不知怎的就猛然突破了临界值，满满的血槽燃烧着她的内脏，她呼的一声，啥都没管就跟着冲了出去。

　　"喂！！！"施佳期四下绕了一圈，看见了站在下行电梯上的他，"喂——你——"

　　他没有抬头。但他身边的七八个中年妇女阿姨却嗅到了难得的八卦气味，纷纷抬起头来寻找抢包、扒手机、抓小三、被捉奸等潜在的精彩真人秀。

　　施佳期让她们失望了，但他却没令施佳期失望。因为在群体无意识的不可抗力下，李近终于也冲施佳期的方向抬起了头。

　　"你！就是你！"施佳期夸张地挥舞着手臂，狂热程度介乎于玉米与杨丽娟之间："——是我，我呀！……"在一大堆关于KTV那天着装、职业、共同朋友圈的关键词通通被自我否决之后，施佳期终于没羞没臊地咬着牙吼出了那一句，"《一无所有》！记不记得！我给你点的！"

李近迷茫的表情在电梯行至尽头的那个瞬间宣告结束。他突然舒展开了眉头，友好地冲上方挥了挥右手。

这时候施佳期要是长了尾巴，一定已经欢快地摇起来了吧。

然后施佳期顺理成章地要到了他的手机号码。

然后施佳期顺理成章地跟他渐渐熟络。

然后施佳期顺理成章地答应跟他一起吃饭。

然后施佳期顺理成章地跟他在家里看着电影吐槽。

然后施佳期顺理成章地躺倒在他的大腿上。

这个男人哦这个男人。施佳期由下至上地看着他的脸，终于相信了女人一辈子总会遇上一个让你无法自拔的男人这个都市传说。她想要对他说欢脱的情话，她想要对他做脸红的事情，她想要为他穿上最美的衣服然后再一件件扔到地上去。当他说起一个笑话的时候施佳期听不到那个笑话，施佳期只听到无数句"我爱你"在耳朵旁边叮当作响，并催生幸福的傻笑。如果有可能，施佳期要现在就捉住他的手，逼他骗他诱惑他，赶紧签署一辈子都属于自己的不平等条约。

但施佳期却偏偏碰上了一个永远不可能跟她签署条约的人。

　　李近第一次消失的时候他们刚刚在一起整一个月。那天早晨，原本阳光灿烂的天色突然阴沉得可怕，呼啸的大风把窗玻璃震得哗哗响。施佳期跪在床边看着窗外水母一样四处飞旋的塑胶袋，一边招呼着李近："喂，快点过来看世界末日。"施佳期听到背后懒洋洋地趿着拖鞋的脚步声由远及近，想象着一头白熊、一只狼獾或者随便什么毛茸茸的大型萌物朝自己笃笃地走过来的样子，但就在这个时候施佳期听到了一阵区别于风的呼啸的声音，那是一点点模模糊糊的杂音，就像隔了一层塑胶袋的风铃，然后她听到李近的声音：

　　"哎呀，对不起，我要消失了。"

　　施佳期惊讶地回过头去，李近像一幅掉在水里的水粉画那样，从边缘开始渐渐模糊。她呆在原地，扼住自己的喉咙，不知道这时候是该扑上去抱住他大哭好还是打电话给新闻热线直播好。

　　还没等施佳期想清楚，李近就已经彻底消失不见了。他的声音像吹熄的蜡烛留下的一道烟："乖，自己打车回家。"

　　那是施佳期第一次为了一个男人哭，发自肺腑地哭，从出租车一直哭到小区门口再到电梯再到客厅再到卧室。她自己都惊讶哪来的那么多眼泪，像坏了阀的水龙头一样滴滴答答个不停。李近再也不会回来了吗？自己再也看不见他的小狗眼了吗？无数种坏假设都在提醒施佳期是如何毫无作为地弄丢了一个也许是一辈子最喜欢的男人，而她甚至连一句"我爱你"都没有鼓起勇气对他说。想到这儿施佳期的眼泪就更多了，连洗澡的时候都能感觉到它们顺着自己的脸颊哗哗淌下，区别于平淡无奇的莲蓬头热水，它们厚重而滞涩，就像眼睛里哭出了水银。

之后的整个周末都弥漫着一股死去的虾和蟹的味道。连张维希的猫都围着施佳期喵喵直叫，毛茸茸的爪子直扒到她的膝盖上来。

"没出息的，"张维希面无表情地给施佳期倒了一杯茶，"又被老板骂了啊。"

"比那更差劲，是被男人甩了。"

"男人？你哪来的男人？"张维希的反应代表着全世界人民的反应，是哦，当施佳期在李近身边的时候根本没空搭理全世界人民，所以你看，他们对施佳期的事一无所知。

"哎，你们见不到的，我也是刚刚才发现，"施佳期喝了一口茶，咸的，就像这几天以来施佳期吃下的所有甜点、喝下的所有饮料，它们都变成了眼泪的味道，"那家伙原来是个不存在的人。"

"哦？"一直对儿女情长表现得兴趣缺缺的张维希眼睛终于亮了起来，"他这么告诉你的？"

"当然不是啦，"施佳期敲了敲膝盖上的猫头，"要靠观察啊，笨蛋。"

于是施佳期向张维希吞吞吐吐地讲述，关于李近如何能够毫无存在感地生活在这个世界上，又能随时抽身离开的事实。张维希淡定地听她讲完，然后淡定地推了推眼镜，最后淡定地开了尊口：

"你有没有想过人肉一下他啊。"

"别打岔，我是认真的。"

"我也是认真的啊，你看，查查身份证，弄弄QQ号，翻翻微

博记录，什么不存在的人，我连他三岁尿床的照片说不定都能给你
搜出来。"

可是施佳期知道那行不通，而行不通的理由并不是她对于李近
真的不存在这件事有十足的把握，而是她觉得自己并不想当一个为
了男人歇斯底里、刨根问底、失去自我、贪嗔痴疑的女性。

不过至少张维希没有马上打电话叫精神病院的工友过来抓走自
己，看在这一点上施佳期决定还是继续跟她做朋友。

有人说女人一辈子都生活在自己编剧导演主演兼灯光音响场记
的脚本里。在李近消失的那段时间施佳期真真切切地体会到了这句
话的内在含义——那是一大堆仿佛永无止境的独角戏创作、编排和
表演的过程，从"你不声不响地就走了现在还有脸回来啊"到"为
什么……为什么你都不联系我呜呜呜……"再到"你是个好人，但
是你伤了我的心"，如此种种，在每天晚上十点洗漱上床以后挨着
个地在脑中过一遍。作为一个治学严谨的A型血，施佳期设定好了
一切可能出现的场景对白，包括开端的不动声色、无言以对，中段
的泪眼婆娑、无理取闹，以及结尾的抱头痛哭、重归于好——对
的，就是这么没出息的，人还不一定能见着呢就已经确定重归于好
了，所谓恋爱中的女子，就是这么地贱格。

但是当李近真的回来的那一天施佳期的脚本一句也没用上。
从那个熟悉的号码出现在手机显示屏上的那一秒开始她的尊严早
已经碎了一地，捡都捡不起来。在四散的渣渣中施佳期勉强挑了
一块大的，答应只见面吃个饭就走，但事实是这顿饭一吃就到了

夜里十二点，然后他们带着满身火锅味回了他的家，接吻时都能尝到蒜的味道。

这时候施佳期才发现自己根本没资本跟他哭或者闹，光是看见他自己的嘴角已经抑制不住要往上扬了。作为一个悲观的乐观主义者，施佳期非常轻易地就接受了自己的命运，不问，不说，只要他在自己身边，是一个幽灵或者是一个杀人犯，对自己来说会有影响吗？她还是照旧喜欢他，就算要不定期地等他或者帮他埋尸体，也一点都不会折损她的喜欢。

跟李近交往的过程就像从一个世外桃源的孤岛逐步回到人类社会的过程。曾经的施佳期是绝对的理性派唯物主义拥护者，或者简称看不起普通人类的高贵逼，不听情歌，认为恋爱就是一对男女交换费洛蒙，可以称其为生活的调剂，但绝不可能成为生活的一部分——天啊，她有那么多有趣的东西要看、要尝、要玩，为什么非要吊死在一个男人身上啊！刚认识那会儿施佳期还跟李近提过，说Someone Like You这种没自尊苦情芭乐歌怎么可能红得这么长长久久，传唱全球，当时李近回答："那是因为你还没有遇到那个人啊。"

后来，一直到李近真的离开施佳期的那天，她才算完完整整地理解和实践了这句话。因为自从他消失之后，施佳期开始研究星座运势，蹲点两性论坛，关注情感微博，看《BJ单身日记》哭得比谁都狠，唱《原来你什么都不想要》比谁都凄凉入骨。时至今日施佳期终于明白，为什么狗血情歌写了这么多年还没有写尽，脑残情感片拍了这么多年还没有拍绝，无他，纯粹因为爱情是世界上唯一不能经由科学量化、研究、观测和控制的学科。没有标准答案的考试是世界上最难的考试，更何况它还是老师与学生一对一地出卷子，你无从作弊，只能寄希望于前辈们一步一个脚印归纳总结的大方向——哪怕前辈们自己其实也是个大loser，就像林夕老师自嘲的那样：我写了那么多情歌，却始终赢不到一个人。

而施佳期这个自以为是的人呢，别说赢了，从开局的第一分钟就注定没有胜算，丢盔弃甲，溃不成军。

施佳期跟李近的第一次约会必须用过去时态来描述，不仅仅因为它确实是件过去了的事情，还因为当时施佳期并没有收到"这是一个约会"的警告通知。不就是跟个有好感的普通男性朋友吃个饭嘛，点菜下筷，胡吃海聊，埋单走人，各回各家，这是一套走过很多次已经觉得太顺遂的流程，感觉好回头短信互动，感觉不好彼此各找各妈，虽然李近很萌，但施佳期从来没有意识到他跟其他人的不同。

但李近就是不同的，他简直像个捕猎技巧太过纯熟的肉食动物，当他给施佳期展示毕业照片同时在身后微妙地靠近的那个瞬间施佳期就意识到了。他想要的很多，而且要得如此迫切，如此势在必得。

而施佳期也并不是蠢到不懂逃跑，她只是不想逃跑而已。

毕竟一辈子这么短，到哪里去找那么多让你一见钟情的人。事到临头，什么情感专家教出来的勾搭技巧都是屁话。刚认识的时候不要上床，没调查清楚身份背景不要上床，没听见"我爱你"三个字不要上床，可是当你真的遇到了那个人，哪里忍得住不要上床。

所以施佳期心甘情愿让他叼着脖子，一步步拖回自己的巢穴里去。就差没有引吭高歌一首《爱的奉献》来助兴了。什么？你说现在流行唱《爱的供养》？好吧，供养就供养吧，总之你懂那个意思。

施佳期没有事先告知李近，他是自己的第一个男人。

究其原因，第一，施佳期觉得，身为一个成年人，裤子都脱了还满面含春地跟人叽叽歪歪"人家还是第一次……"实在是略显做作；第二，施佳期根本不承认跟一个刚熟络不到二十四小时的男人会有脱下裤子的可能；第三，好吧，第三就是施佳期一巴掌接一巴掌地抽在了自己脸上。

作为沐浴在改革开放春风里成长起来的21世纪儿童，那层膜对于淹没在同学八卦、流言蜚语、黄色杂志、法制小报、三级VCD等良莠不齐的信息狂潮中的少年施佳期实在是充满了深不可测的神秘和吹弹可破的脆弱。每一个像施佳期一样长大的女孩都会以为自己的初夜献给了双杠、献给了自行车、献给了被臭男生坐过的凳子、献给了猴科动物一样上蹿下跳横摔竖绊的野性岁月。但事实证明，当一头卸下伪装、雄性荷尔蒙四散到几乎在空气里晕出一圈淡金色光环的青壮年男子压倒性地"杀"过来的时候，你会知道之前的一切担忧都是多余的。货真价实的性，真实到仿佛你之前的春梦、幻想、意淫和计划似乎从来不曾存在过，真实到你完全不会注意到

自己居然没有穿上最新最可爱的内衣，事前没有刷牙，腋下没有
除毛，那一刻你只是一头皮毛鲜亮的雌性野兽，穿过丛林，啜饮溪
水，然后被猝不及防地扼住咽喉，从此跟号称纯洁但实则苍白、萎
靡、阴暗而潮湿的过去彻底告别。

　　当张维希第二天一大早电话追魂寻找施佳期的行踪时，施佳期
不得不头痛地解释："啊我错了，我昨晚喝得有点多……"

　　然后，空白了几秒，施佳期只能黯然地自己接话："好啦，我
也知道其实喝得没有那么多。"

　　是啦，她施佳期是什么人，一直喝到断片前一秒都能保持清醒
冷静不要打翻杯子、不要傻笑、不要跳起来唱歌、不要随便亲恶心
的男人、不要吐在公共场所和其他看热闹的人面前，她怎么会仅仅
因为喝醉了就让自己犯下这种错误。

　　所以真相是，施佳期压根儿没觉得这是一个错误。

　　虽然它的确是。

　　李近对于这件事情似乎也没有反应过度，类似抱住喜极而泣或
者担惊受怕一把推开这种电视剧里演出来的情节都没有发生。

　　他只是在完事之后低头看了一眼自己的白色T恤，然后说：
"哎呀，沾到血了。"

　　施佳期简直如释重负。

　　然后第一次，她在一个男人的臂弯里睡着。正如她之前根据
寥寥可数的跟母亲、闺密、一起出差订错大床房的同事睡在一起

的经验所推导出的设想一样，跟另一个人分享一张床并不是多么令人愉快的决定，当那另一个人是个既萌且帅的男人的时候也并不例外。施佳期习惯了自己亲手安置的寝具，绝对安静的环境，熟悉惯常的姿势，而现在，被子的厚度，对方的呼噜，哪怕传统意义上显得甜蜜温柔的紧紧揽住她的手臂都让她紧张焦虑，睡不安稳。"如果不是我爱他，"施佳期在黑暗中默默地想着，"我宁愿现在就跑路回家。"

而她果然没有跑路回家，而是断断续续地睡到了第二天早上。起床的时候她终于实现了多年来对于恶俗爱情电影桥段的憧憬——光着腿，穿着他的衬衣，轻巧地来一个早安吻。李近尚未睡醒，四处乱翘的头发让他看上去柔和亲切，施佳期满意地摸了摸他的鼻子，感叹好男人果然值得等到现在。

但李近果然不是施佳期想象中的那个好男人。

并不是他会消失——虽然，天啊，施佳期憎恨他的消失，更加倍憎恨他好像把消失看得无比正常仿佛只是抠破一个蚊子包那么不足挂齿的小事——但施佳期更不能忍受的是他那股新鲜劲儿过去之后的一大片空白。随着交往的深入，施佳期发现，李近就像她家养的一只大猫，刚开始的时候恨不得二十四小时关注对方，察言观色，彼此试探着靠近，腻在一起玩得不亦乐乎。之后随着时间和回忆像丢弃的空罐头那样摞得老高，他就不再那么热衷于讨好她，关心她，陪她玩闹，跟她聊天。施佳期也觉得他们似乎有点太熟了，熟到似乎撕破脸吵一架都不是太好意思。

更多的时候，李近就像那只养熟的猫一样远远地待在一边忙他自己的事情，只有临到无聊或者临到上床才仿佛恍然大悟地想起她来。

他甚至不再接她送她，只是叫她打车："这边过去太堵了，哎，乖啦。"

一次施佳期临到出门上班才发现自己用完了现金，只能厚着脸皮找他讨。接过钱的瞬间她觉得自己就像个妓女。

不，比那更糟糕。起码妓女还能收一份工钱呢。

但是施佳期连这种自轻自贱的联想也忍了下来，她甚至乐观地想到，自己的忍耐力从来没有像今天这么登峰造极，假以时日，必成大器。

有时候她也会问："你觉得我们的未来会怎么样呢？"

李近看了她一眼："我不知道你的意思。一般人不是都会问'我们什么时候结婚'或者'你想不想要孩子'？"

施佳期没有回答。她怕说出那个事实，更怕他会确认。

他们不会结婚。

他们不会有孩子。

也许他根本不怎么爱她。

也许一个会消失的人本来就不会爱上任何人。

最初他们能在一起待上一整个月，花上通宵看无聊的美国肥皂剧，分享一大盆新鲜烫手的香辣蟹，他给她剥食物而她渐渐学会坦然地伸嘴去接。他们聊好笑的微博段子，各自身边发生的糗事，有一天李近兴致来了，还给她吹了一段竖笛："我当年也是练到准专业水平啊，后来嘛，就不想玩了。"

施佳期没想到那么普通的一句话里，已经埋藏着对于未来不好的预言。他太聪明，精力旺盛，兴趣众多，事务繁忙，施佳期翻遍自己全身，找不到可能让李近关注个一辈子也不会厌倦的那个点。

她甚至也不知道李近一开始关注的那个点在哪儿。对她而言，李近各方面都超过太多，也许刚开始会被所谓王子爱上灰姑娘的烟幕弹所迷惑，但那一阵子狂喜乱舞过去之后，现实就像一块砖，又一块砖，毫不犹豫地砸到她的脸上来。

之后李近消失得越来越频繁。他们厮守的时间从七天中的六天半，渐渐压缩成五天，四天，三天，两天，有时候甚至只有那么寥寥几个小时。施佳期磨不开面子跟他一哭二闹三上吊，她有她的矜持，同时认为太把男人当回事的女人是没有出息的。

但与此同时，她又在天天忍受着自己矜持的恶果——她的态度似乎让李近觉得凭空失踪对施佳期并没有什么负面影响，所以根本没有对此做过什么交代与解释。而施佳期呢，她只能假装不经意但实则像个守着金矿的史矛革那样守着自己的手机，等那个熟悉号码的来电等到几乎出现幻听。

施佳期简直不能想象古代闺阁里的那些妇女究竟是怀着怎样的心情在等着自己进京赶考十年都不打算回来的情郎。

　　仿佛是作为时不时的消失和若有似无的冷淡的补偿，施佳期收到了太多来自李近的礼物。从跳蚤市场里30块的电动小汽车到款式奇特的球鞋，从功能匪夷所思的游戏机到价值不菲的笔记本电脑。

　　它们唯一的共同点是功能性。你总能使用它们，却不能像一朵玫瑰那样欣赏它们，像一枚戒指那样依赖它们，像一首情歌那样从上面找到爱的痕迹。

　　那些礼物之于施佳期，就像施佳期之于李近一个样。

　　当然也有例外，或者说，对于施佳期而言已经算是个难得的例外。那是一个热到每个毛孔都在冒出蒸气的热天下午，李近心血来潮地带着她去逛传说中的跳蚤市场。他们假装行家地品评着地摊上假得可笑的仿冒古董，被笼子里傻呵呵嚼着青蛙腿的小鳄鱼逗得笑了起来。在一个玩具摊点上，施佳期从一大堆卖相拙劣的塑胶娃娃和喜羊羊中间一眼就挑出了那部小车——红黄相间的港岛小巴士，车窗上惟妙惟肖地写着"铜锣湾五元""北角八元"。

　　她犹豫了一秒钟不到，然后生平第一次，像一个任性的小孩那样抱住了不撒手："我要。不管，我就要。"

　　李近只是笑笑然后摸了摸她的头："还想要啥？"

　　他们就近找了个小公园，完成了遥控小巴士的处女航。然后他们回到李近的家里，在沙发上做了一次爱。

　　当他们结束的时候，太阳已经落山。黑暗的屋子里没有开灯，施佳期看着李近的背影，第一次哭了出来。

　　这个世界上有人为了死亡而哭，有人为了委屈而哭，有人为了钻戒而哭，有人为了证书而哭。

但施佳期却有可能是绝无仅有的一个，为了一辆价值30块的玩具小汽车哭了出来。

她没有告诉任何人，但那一刻，她货真价实地感受到了幸福，并且同时也明白这幸福就到此为止了。

人们总是在期待一个故事有着轰轰烈烈的高潮和结尾。但现实世界里，故事往往淹没在时间的细流中，悄无声息地、模糊地走向自己的终点。

哪怕你拥有的是一个神秘莫测的，绝无仅有的，只有你一个人能看见的男朋友，结果也并不会有什么差别。

施佳期已经记不清最后一次见到李近的日期，她只是隐约记得自己穿着平常的旧衣服，两人一起吃了个毫无特色的晚饭，窝在旧沙发中有一搭没一搭地聊着天，然后那一天一切都跟平常一样。而李近消失于几个小时之后。

距今已经整整三年。

图书在版编目（CIP）数据

我们可以晚点再谈喜欢和爱／犀牛故事编. -- 杭州：
浙江人民出版社，2017.10
ISBN 978-7-213-08111-8

Ⅰ.①我… Ⅱ.①犀… Ⅲ.①短篇小说－小说集－中
国－当代 Ⅳ.①I247.7

中国版本图书馆CIP数据核字（2017）第146965号

我们可以晚点再谈喜欢和爱

犀牛故事　编

出版发行	浙江人民出版社（杭州市体育场路347号　邮编　310006）	
责任编辑	钱　　丛	
责任校对	徐永明　　朱志萍	
封面设计	大　　饼	
电脑制作	刘珍珍	
印　　刷	三河市冀华印务有限公司	
开　　本	880毫米×1230毫米　　1／32	
印　　张	8.75	
字　　数	215千字	
版　　次	2017年10月第1版	
印　　次	2017年10月第1次印刷	
书　　号	ISBN 978-7-213-08111-8	
定　　价	39.80元	

如发现印装质量问题，影响阅读，请与市场部联系调换。
质量投诉电话：010-82069336